KB133550

사랑, 당연하다고 생각하지 않기

사랑, 당연하다고 생각하지 않기

초판 1쇄 인쇄일 2014년 8월 27일
초판 1쇄 발행일 2014년 9월 2일

지은이 홍지민
펴낸이 양옥매
책임편집 육성수
디자인 이윤경
일러스트 김윤희
교정 조준경

펴낸곳 도서출판 책과나무
출판등록 제2012-000376
주소 서울특별시 마포구 월드컵북로 44길 37 천지빌딩 3층
대표전화 02.372.1537 **팩스** 02.372.1538
이메일 booknamu2007@naver.com
홈페이지 www.booknamu.com
ISBN 979-11-85609-66-9 (03810)

이 도서의 국립중앙도서관 출판시도서목록(CIP)은 서지정보유통지원 시스템
홈페이지(http://seoji.nl.go.kr)와 국가자료공동목록시스템
(http://www.nl.go.kr/kolisnet)에서 이용하실 수 있습니다.
(CIP제어번호 : CIP2014024834)

사랑, 당연하다고 생각하지 않기

홍지민 지음

Prologue

"사랑에 필요한 것은 자존심이 아니라 용기이다."

'사랑'이라는 마음은 한 가지이지만,
사랑하는 사람에 따라 처한 상황에 따라
혹은 그 어떠한 이유로든
사랑의 모습은 다양한 얼굴과 표정으로 나타납니다.

이름만 들어도 콩닥거리는
이제 막 시작하는 풋풋한 사랑도 있고,
서로 계산하고 줄다리기 하며
머리를 굴리는 사랑도 있습니다.

매우 견고해서 폭풍우에도
흔들리지 않는 꿋꿋한 사랑도 있고,
몹시 위태로워 미세한 바람결에도
쏟아지는 유리창 사랑도 있습니다.

다른 사람이 아파할 줄을 알면서도

선택하는 이기적인 사랑도 있고,
그(혹은 그녀)를 위해 떠난다는
바보 같은 사랑도 있습니다.

멀리서만 보다가 용기를 내어 한 발짝 다가가
고백하는 용감한 사랑도 있고,
혼자서 끙끙대며 바라만 보다가
이내 끝나 버리는 겁쟁이 사랑도 있습니다.

그런데 여기서 한 가지 공통점이 있습니다.
줄다리기 사랑, 유리창 사랑, 바보 사랑, 겁쟁이 사랑.
이 모두가 사랑 앞에 자존심을 내세웠다는 사실입니다.

사랑 앞에 자존심을 내세운 결과는
여러분들도 잘 알고 있듯이 뻔합니다.

이별,
그것도 아주 가슴 아픈 이별,

그것도 아주 후회스러운 이별.

지금 당신은 어떤 사랑을 하고 계십니까?

지금 제가 하고 있는 사랑은
그동안 만나 왔던 분들로부터 배운 사랑입니다.
나이를 먹으면서 둥글어지는 건 마음만은 아니더군요.
지금 곁에 있는 사람에게 최선을 다하는 것,
그것이야말로 제가 알고 있는 가장 아름다운 사랑입니다.

내게 보석 같고 보물 같은 지랄 맞은 최고의 친구들
김동규, 김명환, 김영석, 김정현, 이기봉, 최영욱, 홍성훈
별로 친하진 않지만 보고 싶은(?) 김미경, 오장미
내 인생에서 웃음이 되는 동생 배석진, 조원준

놀아 줄 사람 없는 나와 친하게 지내 주는 고마운
지숙이 누나, 박성희, 원혜선, 이화춘, 이은실, 다현 누나, 최선미,
최다원, 최현정, 채유리, 홍영화, 홍지영

좋은 생각으로 맺어진 인연

백은주, 손경희, 안미희, 이현구, 경숙이 누나

부족한 내 글의 평생지기 김혜진

공무원 생활을 시트콤으로 살고 있는 박수정

평생 잊지 못할 은사이신 위재수 선생님

참 따뜻한 주말금 여사

세상에서 가장 현명한 우리 어머니 김옥자 여사

내 인생인 멘토이자 롤 모델이신 천호식품 김영식 회장님

그리고 이 책을 읽어 주시는 모든 독자분들과

너무 많아 일일이 이름을 다 나열하지 못한 천호식품 직원들과

고객님들께도 감사하다는 말을 전하고 싶습니다.

마지막으로 나의 부족한 글을 보기 좋게 가다듬고

예쁜 일러스트로 디자인해 준 출판사 책과나무에도 감사드립니다.

책 수익금의 일부는 사랑과 나눔을 실천하기 위해

소년소녀 가장 돕기에 쓰일 예정입니다.

2014년 여름 홍지민

Contents

part 5. 다치지 않는 마음이 어디 있으랴

나, 너를 사랑하고 있나 보다

늘 너만 보면 기분이 좋았다.
먹이를 달라는 새끼 새처럼
작은 입술을 쉬지 않고 떠드는
네가 신기했다.

쉼 없는 재잘거림에
내 타입은 아니라며
그냥 좋은 사람이라고
선을 그으며 바라봤는데

귀여울 때도
매력적일 때도
안타까울 때도
그런 마음이 하나씩 자라더니

너의 웃음을 보다가
그 웃음에 내가
행복해 한다는 걸 느꼈다.

원하는 사람은 아니었지만
원하는 사랑은 아니었지만

나, 너를 사랑하고 있나 보다.

짝사랑 1

오빠 얼굴 좋아졌네?
요즘 뭐 좋은 일 있어?
응? 좋아하는 사람 생겼다고?
이야! 드디어 우리 오빠, 솔로부대 탈출이야?
그럼 난 이제 누구랑 놀지?
어떤 사람이야?
누군지 몰라도 그 사람 땡잡았네.
우리 오빠 같은 사람이 또 어디 있어?
그렇지?
내가 보장한다니까.
누군지는 몰라도 부럽다, 그 사람.
에이, 오빠가 이렇게 쉬운 남자인 줄 알았으면
나도 먼저 대시해 볼 걸…….
응?
에이 우리가 본 사이가 얼만데 우리가 사겨?
농담이지.
뭐야? 아직 고백 못했어?
무슨 남자가 그래.

오빠가 어디가 모자라서?

성격 좋지, 성격 좋지…… 성격 좋잖아?

뭐 생긴 게 전부는 아니니까.

하하하!

농담이야. 그래, 그래.

아무튼 축하해, 오빠.

고백? 못했어.

잘 보이려고 팩까지 하고 이발도 하고 그러고 나갔더니,

얼굴 좋아 보인다잖아.

그래서 좋아하는 사람 생겼다고 했지.

그런데 축하한다네.

누군지 몰라도 내 마음을 빼앗은 그녀가 복 받은 거래.

내 인간성은 자기가 보장한다나?

나보고 성격만 좋대.

그래, 성격만…….

하하! 그 녀석이 원래 그렇잖아.

누군지도 모르는 사람을 부러워하길래

그럼 네가 날 꼬셔 보지 그랬냐고 했더니,

우리가 알고 지낸 사이가 얼만데 사귀냐고 하는 거야.

오래 알면 뭐가 어때서?

그만큼 서로에 대해서 잘 알잖아.

내가 좋아하는 사람이 생겼다고 했더니

이제 자기는 누구랑 놀아야 되냐고 칭얼거리던데,

그게 너라고 바로 말 못했어.

아, 나도 몰라.

왜 자기가 자기를 부러워하냐고.
마음이 없는 것 같지는 않은데,
모르겠다. 야, 그냥 마셔.
술김에 확 찾아가서
그게 실은 너였다고 말해 버릴 거야.

나 말리지마!
그래 오늘은 꼭 꼭 말해 버릴 거야.

소울메이트

7년이라는 긴 짝사랑에 지쳐 갈 때쯤 그를 만났어요.
말하지 않아도 내 표정만 봐도
내가 무엇을 원하는지 무슨 생각을 하는지
다 알아줄 그런 사람을 만나고 싶었어요.
여자라면 누구나 그런 남자를 꿈꾸지 않나요?
그가 바로 그런 사람이었어요.

오랜 시간을 좋아했던 사람과 그 사람 사이에서 고민할 무렵,
그를 좋아하는 사람이 나타났어요.
나만큼 둔한 그는 그녀의 존재를 전혀 모르고 있었죠.
나도 그가 좋았어요.
다시 그런 사람을 만날 수 없다는 걸
내 자신도 잘 알고 있었거든요.

그를 두고 고민하고 있는 내가 미안해서
그녀를 잡으라고 말했어요.
내 아픈 마음이 조금이라도 덜 아프기 위해서
마음에도 없는 거짓말을 했었어요.
그런데 그는 내가 시키는 일이니 따르겠다며

나를 떠나갔어요.

그가 다른 여자의 손을 잡고
행복한 미소를 지으며
행복한 시간을 보낼 때
비로소 내가 그 사람을 더 많이
좋아했다는 걸 깨달았어요.

그가 그녀를 택하고
나 역시 오랜 짝사랑을 끝내고
한 사람의 아내가 되어
한 아이의 엄마가 되어 잘 살고 있지만,
가끔 안부를 물어오는 그를 보면
가슴 한 켠이 아려 와요.

이젠 알겠더라고요.
소울메이트가 반드시 내 사람은 아닐 수도 있다는 것을,
그가 나와 다른 삶을 살아갈 수도 있다는 것을……

그녀는 항상 자신의 소울메이트를 찾았어요.
그때까지만 해도 나는 소울메이트라는 존재에 대해
무관심했었죠.
서로가 서로에게 호감이 있음을 느끼면서
만나는 횟수가 점점 많아졌었어요.
하지만 그녀에게는 오랫동안 좋아했던 남자가 있었어요.
학생 때부터 혼자 가슴앓이를 해왔다는 이야길 들었었거든요.

만나는 동안 그녀는 나와 참 많이 닮았다는 생각을 했어요.
성격도, 생각도, 습관도…….
그녀가 찾던 소울메이트라는 존재가
이런 걸 이야기하나 싶었어요.
분명 그 전에는 한 번도 만난 적이 없었는데,
내가 원하는 것, 내가 바라는 일들을
그녀는 전부 다 알고 있었어요.
그녀에게 나도 마찬가지였고요.
그녀가 필요를 느끼는 게 무엇이든
그게 사람이든 시간이든
그녀가 무언가를 필요로 할 때

항상 내가 거기 있었어요.
자주 넘어지고 다치는 그녀 때문에
가방에는 늘 밴드가 들어 있었고
예민한 성격 탓에 자주 체하는 그녀를 위해
항상 소화제도 들어 있었어요.

좋아하는 영화도
좋아하는 음악도
좋아하는 장소도 똑같았어요.

그녀는 오랫동안 좋아했던 그 사람과
저 사이에서 고민하기 시작했어요.
그리고 조심스럽게 저를 밀어내더군요.

그래야만 하는 줄 알았어요.
그녀가 원하는 일이었으니까요.
하지만 그러면 안 되는 거였어요.
그 사람의 짝으로 살아가고 있는 모습을 보면서
여전히 그녀에게 똑같은 미소를 띠지만
그녀는 내게 늘 아픔이에요.

시작 1

처음엔 그녀도 내게 관심이 있는 줄 알았습니다.
내 이야기를 들으며 턱을 괴고 있다가
마치 무엇엔가 홀린 듯이 내 앞으로 쓰러지며 겸연쩍게 웃으며
혀를 쏙 내미는 모습이,
마주 앉아 이야기를 하다 간혹 내 발을 건드리며
우리는 사귀지도 않았는데
내가 자기에게 차인 거라며 우스갯소리를 하고,
내가 마시는 커피가 맛있겠다며
같은 커피를 홀짝거리며 마실 때
나는 그것이 나를 향한 호감인 줄 알았습니다.

그러나 그녀는 누구에게나 친절했고 조금 맹한 구석이 매력 있는
그런 사람일 뿐이었습니다.
내가 그런 오해로 그녀에게 마음을 조금씩 열어 갈 때
그녀는 나를 그냥 아는 오빠로만 생각하고 있다는 것을
아주 오랜 시간이 지난 후에야 알게 되었습니다.

혹여 그 미소라도 보지 못할 까봐 말하지 못한 내 잘못이고,
그렇게라도 그녀의 곁에 남고 싶은 욕심이었습니다.

그러면서 더 아픈 이유는
그녀에게 내가 어떤 존재인지,
내가 어느 정도의 크기로 다가가 있는지
알 수 없기 때문입니다.

나만큼은 아니어도 좋으나
나 역시 그녀에게 소중한 사람이었으면 좋겠습니다.

나를 좋아한답니다.
나를 사랑한답니다.
으레 그러려니 했습니다.
살아오면서 만난 많은 남자들이 처음엔 그렇게
호감을 표현했었습니다.
그러다 그런 모습이 한두 달 지나고 보니
처음과 같지 않다는 것을 알았습니다.

변하지 않는 사람은 없겠지만 그 사랑이 오래가는 사람이 좋습니다.
막 신입생이 되었을 때처럼 아무것도 모르는 철없는 나이였다면
그 사람의 그런 애정이 고마워 나도 쉽게 마음을 열었을지 모릅니다.

그러기에는 너무 많은 나이를 먹었고, 너무 많은 사람을 만났고,
또 너무 많은 세상을 알아 버렸습니다.

그의 존재는 내게 기쁨이지만
아직은 그 이상도 그 이하도 아닙니다.

어느 날 깜빡 잊고 전화기를 두고 출근했을 때

걱정된다며 남긴 문자와 여덟 통의 부재중 전화를 보았습니다.
피곤한 하루이기에 답장을 못하고 잠이 들었는데
그 다음날 투정부리는 그를 보며
그도 똑같은 남자라는 생각이 들었습니다.
그 역시도 언젠가 시간이 지나면 지금처럼 다정한 모습이 아닌
다른 사람과 다름없는 모습이 될까 두렵습니다.

그를 더 지켜보고 싶습니다.

짝사랑 2

그녀는 사람 이야기를 경청할 때면
턱을 괴고 바짝 당겨 앉는 버릇이 있어요.
상대가 마음에 드는 사람이거나
기분이 좋으면 꼰 다리를 앞뒤로 흔들어
가끔 마주 앉은 사람의 무릎을 차기도 할 거고요.
그러다 자신의 발이 상대방을 찼다는 사실을 알게 되면
혀를 쏙 내밀 거예요.
커피를 좋아하진 않지만 상대가 좋아한다면
기꺼이 마주 앉아 상대와 같은 커피를 마셔 줄 거예요.
상대가 좋아하는 커피를 같이 마시면서
공감대를 형성하는 거래요.

고기를 좋아하지만 먹고 나면 아토피로 고생이 심한 편이에요.
작은 체격에 비해 먹는 양이 많아서
양이 적은 음식으로 여러 개를 먹는 걸 좋아해요.
여행을 좋아하고 맛있는 음식을 좋아하고요.
욕심이 많아서 늘 뭔가를 배우려고 해요.

하지만 그만큼 여기 저기 벌려 놓은 일이 많아서

자주 까먹는 편이에요.
메모하는 걸 좋아해서 다이어리를 가지고 다니지만
항상 펜은 두고 다니더라고요.

그녀를 좋아하냐고요?
네, 오래됐어요.
그녀에 대해서 참 많이 아는데
저를 어떻게 생각하는지 그녀에게 제가 어떤 존재인지
그것만 모르겠어요.

그녀에 대해 다 안다고 생각했는데
제일 중요한 걸 모르고 있었네요.

그는 파란색을 좋아해요.
아니 정확하게는 파란색이라기보다
'BLUE'라는 단어를 좋아한댔어요.
BLUE가 가지는 그 청춘의 깊은 색이 좋고 그 쓸쓸함이 좋대요.
그는 산을 좋아하고 바다를 좋아하고 하늘을 좋아해요.
여행을 좋아하고 사진 찍는 것도 좋아한대요.
하지만 그 자신이 찍히는 것은 좋아하지 않는 편이니까
카메라에 담고 싶다면 그냥 몰래 찍으세요.
그런 걸로 화낼 사람은 아니에요.

산을 좋아하는 이유는 산에는 게으른 사람이 없기 때문이래요.
산을 오르면서 마주치는 사람들에게 일일이 인사하고
혹여 미처 준비를 못하고 지친 사람이 있을까 봐
꼭 오이 한 개는 더 들고 올라가는, 그런 사람이에요.

교회를 다니면서도 등산할 때는 절 밥을 먹어야 제맛이라며
부처님께 절도 서슴없이 올리는 사람이에요.

나중에 장인어른이 뭘 좋아하실지 몰라서

장기와 바둑을 배웠고,
일요일 아침 아내에게 커피 타 줄 욕심에
바리스타 교육까지 받았다는 사람이에요.

남자이면서도 요리하는 걸 좋아하고 장 보는 걸 좋아해요.
언젠가 동아리에서 준비물을 챙길 때
아이처럼 들떠 있던 그가 생각나네요.

걸어 다니는 만물박사라고 할 만큼
참 많은 지식을 가지고 있어요.
배워 두면 언젠가는 쓸모가 있다면서
가계부에 나오는 생활 상식 등도
꼭 메모를 하거나 기억을 해두는 사람이에요.

참 많은 걸 알고 있는 사람인데,
내가 그를 좋아하는 사실 하나만큼은 모르는
어찌 보면 참 바보 같은 사람이에요.

고백

아까부터 어딘가 좀 이상했어요.
아니, 정확히는 오늘 하루 종일
뭔가 불안해 보였어요.
제대로 내 눈을 마주치지도 못하고
뭐가 그렇게 급한지
걸음은 또 오늘따라 얼마나 빠른지 모르겠어요.

스파게티를 잘하는 집을 찾았다며
그가 데려간 곳은 맛집으로 유명한 곳이었어요.
맛은 있지만 음식값 역시 비싼 곳이라는 평을
익히 들었기에 왠지 망설여졌죠.
그의 뻔한 지갑 사정을 잘 알거든요.
좋아하는 스파게티를 먹을 수 있다는 사실에
또 그렇게 와 보고 싶었던 집이기에
기쁘기도 했지만
결국은 그의 손을 끌고 나왔어요.

마침 가까운 곳에 분식집이 있어
라면과 김밥을 시켰어요.

그가 말했던
무엇을 먹느냐가 아니라
누구와 먹느냐가 중요하다는 사실을
알게 되었거든요.

스파게티를 좋아한다는 그녀를 위해 일부러
좋은 장소를 찾아봤어요.
분위기도 좋고 연인들이 즐겨 찾는 맛집이어서
고백하기에도 좋은 장소라고 하더라고요.

그런 내 마음을 아는지 모르는지 오늘따라
그녀는 더 예쁘게 하고 나왔어요.
평소에도 웃는 모습이 예쁜 그녀인데
오늘은 눈이 부셔서 제대로 쳐다보질 못하겠어요.
심장은 또 왜 그렇게 빨리 뛰는지 혹여
내 심장 소리가 들릴까 봐
조금 멀리 떨어져 빨리 걷게 되네요.

가게에 도착하자 자기도
아는 곳이라며 환하게 웃는 그녀를 보고는
왠지 성공할 것 같은 기분이 들었어요.
그런데, 잠시 망설이더니 갑자기 라면에 김밥이 먹고 싶다며
스파게티는 다음에 먹자고 하네요.

순간 준비해 온 것들이 하얗게 변하고 말았어요.
내 고백을 듣고 집에서 읽으라고 준비한 편지도 있는데

분식을 먹으면서 좋아한다고 고백할 순 없잖아요.
처음 본 그때부터 좋아했었단 편지를
평소와 다름없는 하루를 보내면서 어떻게 건네줘요.

맛있다며 환하게 웃는 그녀를 보며
그냥 아득해져 가고 있어요.

다음 기회로 미루어야 할까요?

시작 2

뭐해요?
지금 뭐해?
뭐해?
뭐하고 있어요?

몇 번씩이나 문자를 지우고
다시 적고 있네요.
평소 가볍게 보내던 문자도
물음표를 넣어야 할지
이모티콘을 넣으면 혹시 가볍게 보이진 않을지?
편하게 생각한다고 느낄 수 있게
좀 더 다른 표현은 없는지?
첫 데이트 성공법
첫 데이트하기 좋은 코스
추천 영화 등
그녀에게 답장이 오기도 전에
검색부터 하고 있어요.

미리 다 준비한 게 티 나면 안 되겠죠?

너무 성급하게 다가가면
그녀도 부담스러워 할지 몰라요.
적당히 어디서 만나 무엇을 먹고
어떤 영화를 볼지 대략 시간은 얼마나 걸리고
그녀를 집에 데려다 주는 시간이
언제가 제일 적당할지.
너무 늦으면 사심이 있다는 걸 들킬 것 같고
너무 이르면 또 제가 섭섭할 것 같거든요.

그중에서도 맛집은 기본이에요.
별점만 믿어서도 안 되고
반드시 댓글을 꼼꼼히 살펴봐야 돼요.
혹시 그녀가 싫어하는 음식일 수도 있으니
부근에 있는 다른 맛집 한두 개 정도를
미리 알아 두는 것도 필수이고요.
문자를 보낸 지 30분이 지났는데
아직 소식이 없네요.

언제쯤 답장이 올까요?

뭐하고 있어요?
라고 짧게 온 문자.
머리를 말리다가 무슨 대답을 해야 할까
고민 중이에요.
문자 미리보기를 선택해서 그는 아직
내가 문자를 확인하지 않은 줄 알 거에요.
뭐라고 대답할까요?
너무 빨리 대답하면
기다리고 있었다는 게 티가 날 것 같고
너무 늦으면 성의가 없다고 생각하겠죠?
이럴 땐 30분 정도 늦게 답장을 보내는 게
제일 좋을 것 같아요.

적당한 시간에
너무 늦지도 않을 테니까.
오늘 만나자고 하면 어떡하죠?
친구들과 이미 약속을 잡아 났는데
그렇게 기다리던 연락인데
친구들에게 다음에 보자고 하면

난리도 아닐 텐데.

친구들과 약속이 있다고 하면
괜히 튕기는 줄 알까요?
주말인데 그냥 집에 있었다고 하면
친구도 없는 앤 줄 알 텐데.

뭐라고 답장을 보내야 하죠?
이럴 땐 누가 정답 좀 가르쳐 주면 좋겠어요.

만나기로 했던 친구가
오늘 괜찮은 맛집을 찾았다며 같이 가자고
문자가 왔어요.

맛있는 것도 먹고 싶고,
그와 데이트도 하고 싶고 ⋯⋯.
아!
이럴 땐 정말 몸이 두 개였으면 좋겠어요.

스치는 인연

나도 내가 그렇게 예쁜 얼굴은 아니라는 건 아는데,
그래도 가끔 길을 가다가 버스를 타다가
혹은 도서관에서 낯선 남자를 만나는
그런 생각을 해보거든.
웬 멋진 남자가 '저기요~' 라며 말을 걸거나
매일 타는 버스나 지하철에서
낯이 익은 듯한 남자가 다가와 마음에 든다고 말하거나
조그만 책상에 앉아 공부를 하다가 잠시 자리를 비운 사이
누군가 쪽지와 함께 음료수를 둔다든지
아니면 열심히 공부하고 있는데
쉬엄쉬엄 하라며 불쑥 음료수를 누군가가 건네는 거야.
놀라서 쳐다보면 진짜 순정만화에서나
나올법한 그런 멋진 남자가
나를 보며 수줍게 웃는 모습!
생각만 해도 가슴이 두근거려.

나 아직 살아 있네~
라며 친구들에게 자랑도 하고
알콩달콩 연애도 하고 말이야.

나중에 다투게 되면
'네가 먼저 반해서 나 좋다고 쫓아다녔잖아.'
하면서 큰소리도 치는,
그런 상상도 해보곤 하는데

왜 난 항상 상상뿐이냐고…….
언제쯤 내게도 그런 동화 같은 일이 생길까?

아!
오늘도 외롭다.

길을 가다 보면 내 어깨 높이에 맞는
애들이 가끔 스쳐지나가.
나와 아무 상관없는 애들인데
몸매를 보거나 얼굴을 보거나 옷차림을 보면서
점수를 매기곤 해.
맞은편에서 걸어오다 우연히 스치면
향수 냄새인지 샴푸 냄새인지는 모르지만
향긋한 냄새가 날 때면 한 번 더 뒤돌아보게 돼.

앞모습은 보질 못해도 뒷모습이 예쁜 여자 같은 경우는
같은 방향이면 따라서 걷기도 하거든.
물론 실례가 되지 않게 말이야.
우연히 내가 가는 길 앞에 뒷모습이
예쁜 여자를 보면 걸음이 빨라져.
그러다 가고자 하는 길이 아닌 다른 길로
가 버리면 못내 아쉽기도 해.

집을 나올 때의 내 모습이 마음에 드는 날이면
나도 모르게 자신감이 생겨서

혹여 길가다 그렇게 마음에 드는 여자를 만날 때면
'저기요~' 하고 말을 걸고 싶은 날도 있어.
그런데 늘 그런 말은 목까지만 차오르고
쉽게 다가가지는 못하겠더라고.

용기 있는 자가 미인을 얻는다는데
나도 그 말을 잘 알고는 있는데, 그게 어디 말처럼 쉬워?
그래서 난 오늘도 친구들에게 소개팅 없냐며 기웃거리다가
결국 남자 친구들을 만나 술 한 잔 하면서
외롭다고 신세한탄만 하지.

아, 나도 솔로부대 탈출하고 싶다.

친구 1

왜 남녀가 친구가 될 수 없다는 거야?
우리만 봐도 이렇게 친구로 잘 지내잖아.
솔직히 나 같은 친구가 어디 있어?
여자 친구도 안 기다려 주는
그 군대도 내가 기다려 줬잖아.
아, 물론 나도 그때 남자 친구가 있었지.
하지만 친구니까
너 몸 건강히 무사히 제대하길 기다려 줬잖아.

그리고
너처럼 속 좁은 A형을 이만큼 이해해 주는 사람이
대한민국에 어디 있겠어?
있으면 나와 보라 그래.
친구란 일단 공통점이 많아야 돼.
너, 모카커피 좋아하지?
나도.
너, 재즈 좋아하잖아.
나도.
좋아하는 영화도 비슷하고

좋아하는 음식도 비슷하잖아.
이렇게 닮은 구석이 많은 좋은 친구를
어디서 만나겠냐?

솔직히 말해서
네가 여자였으면
내가 베프라고 했겠어?
물론 모든 애들이 다 그런 건 아니지만
남자 친구 생기면 친구는 뒷전인 애들이 얼마나 많은데.
뭐?
너도 여자 친구 생기면 등 돌릴 거라고?
우와 많이 컸네?
네가 이 누나를 배신하겠다, 이거지?
사랑은!
때론 아프기도 하지만
우정은!
늘 함께한다!

자, 마셔!

그냥 솔직히 말할까?
그동안 많이 좋아하고 있었다고.
글쎄 그 녀석은 전혀 모르는 것 같아.
내가 여자 친구 생기면 연락도 안 할 거라니까
우정은 늘 함께하는 거라잖아.
모르겠다, 나도…….
그런 선머슴 같은 여자애가 뭐가 좋은지.
그냥 내 눈엔 다 예뻐.

남녀 사이에 친구가 될 수 있다고 믿으니까
그 친구는 그렇게 생각하니까
친구로라도 옆에 있고 싶어서…
나?
남녀가 어떻게 친구가 되냐?
고백했다가 이렇게라도 만나는 사이도 못 될까 봐
친구로 만족하는 거지.

생각해 봤지, 나도.
고백하면 남자로 보지 않을까 싶어서…….

그런데 정말 정말 무서워.
싫다고 하면 친구로도 부담스러워 할 텐데.

알잖아, 나 밀가루 음식 싫어하는 거.
그런데 그 애는 라면 엄청 좋아하거든.
커피?
내가 언제 따로 커피 마시는 거 봤어?
그 애랑 같이 있을 때만 마시는 거야.
그 애가 좋아하니까
나도 그냥 같이 마시는 거지.

재즈?
난 너무 어렵더라.
그래, 나도 알아.
아파도 난 그냥 지금 이대로가 좋아.

친구 2

우리?
한 10년 넘었을걸?
초등학교 4학년 때 처음 만났으니까
와, 벌써 15년인가?
그래, 나 제대하고 제일 처음 만난 것도 걔니까.
여자 친구도 안 기다려 준 군대를 기다려 줬다고
고맙다고 안아 줬어.

좋아하는 거?
나랑 거의 비슷해.
모카커피 좋아하고, 영화는 딱히 가리는 거 없고
음악은 락발라드 좋아한다고 하던데,
좋아하는 음식은
음…… 글쎄 그것도 나랑 비슷한 거 같아.
아무거나 잘 먹어.
그래, 이런 친구 없어.
착하지, 예쁘지.
그런데 왜 난 안 사귀냐고?
에이, 무슨! 우린 친군데.

그리고 본 시간이 얼만데
가족같이 지냈는데 여자로 보이겠어?

당연하지.
야, 누가 그래?
남녀사이도 친구가 될 수 있어.
야, 미쳤어?
내가 그 애랑 단둘이 여행을 왜 가냐?
만약?
만약이라도 그런 거 없어.
그리고 만약 둘이 여행을 간다고 해도
그 녀석이랑은 티격태격하다가 올 거야.
그래, 인간성은 내가 보증해.

정말 좋은 애야.
지금까지 모태솔로라는 게 이상하다니까?
한 번 만나 봐.
정말 마음에 들 거야.
그래, 그래.

응, 아직은 연락하지 말고.

먼저 말해 둘 테니까 주말쯤이나 연락해.

그래!

나중에 잘되면 술 한번 쏴라.

잘해 봐.

응, 그래. 끊는다.

15년요?

아뇨, 더 됐어요.

석진인 우리가 같은 유치원에 다닌지도 몰라요.

그렇죠.

앨범만 찾아보면 금방 알 텐데······.

그렇게 둔해요. 걔가.

좋아하는 음식이요?

사실 밀가루 음식은 별로 안 좋아해요.

어릴 때부터 밀가루를 먹으면 이상하게 소화가 잘 안 되더라고요.

네······.

그건 석진이가 라면을 좋아하니까.

커피요?

전 커피 잘 몰라요.

그냥 매점 앞에 있는 자판기 커피가 제일 맛있어요.

음악이요?

음······ 석진이가 락발라드를 즐겨 부르거든요.

네, 그래요.
석진이 부탁으로 나오긴 했는데
사실 저 석진이 좋아해요.
석진인 제가 자기 베프래요.
아뇨, 말해 본 적 없어요.
혹시 고백했다가
지금처럼도 만나지 못할까 봐

언젠가 난 어때?
라고 술김에 물었더니
헤드락을 걸어오던데요.

네.
죄송해요.
석진이에겐 비밀로 해주세요.
그냥 우리도 좋은 친구로 지내요.

그러지 마라

그러지 마라. 너도 내가 좋으면서
늦은 밤 전화기를 붙들고 깜빡 깜빡 졸면서도
내 전화 안 끊잖아.

어느샌가 너도 모르게 내 말에 장단 맞추고
너에게 이런 거 저런 거 해주고 싶다면
'그건 싫어!'
라며 딱 잘라 말하기도 하잖아.
내가 말하는 상상,
너도 그 속에 잠시 들어가 본 거잖아.

누가 들어도 썰렁한 내 농담에
재미있다며 숨넘어가듯 웃는 너잖아.
내가 빤히 쳐다보면
부끄러워 제대로 내 얼굴도 못 보잖아.
내 생각 몇 번이나 했냐고 물으면
생각해야 되냐고 되묻다가도,
내가 문자 보내고 전화한 시간에
내 생각하지 않느냐고 물으면

또 그렇다고 하잖아.

내가 어떤 사람인지 알고 싶어서 같이 술도 마시고 싶지만
술 마시고 늑대로 변할까 봐 무섭다고 했잖아.
내가 주는 편지 꼬박 꼬박 읽고
내가 하는 말 잘 들어주잖아.
내가 직장 상사 나쁘다고 이야기할 때
나대신 네가 혼내 주잖아.
다 큰 어른에게 엉덩이에 맴매하겠다고
내 편 들어주잖아.

내 생일 날 12시가 넘어서
제일 먼저 축하한다고 말해 줬잖아.
아무리 통화 중에 하루가 지나 내 생일이었다고 해도
시계를 보고 신경 쓰지 않았다면
그렇게 축하해 주지 못했을 거야.

그러니 우린 아무 사이 아니라는 말,
그런 잔인한 말은 하지 마라.

어떻게 안 그래요.
세 시에 만나자고 했더니
책 읽을 거라며
열두 시부터 기다리고 있는 사람인데,

같이 점심 먹자는 말도 조심스러워서
근처까지 왔으면서
혼자 점심 먹고 기다리는 사람인데,

불쑥 불쑥 찾아오는 거 싫다고 했더니
일하면서 먹으라고 간식만 사다 주곤
그 먼 길 다시 돌아가는 사람인데,

주머니 사정 뻔한 거 아는데
내 몸에 좋은 건강식품
면세점에서나 살 법한 비싼 화장품
내게 좋다며 만날 때마다 선물로 주는 사람인데,

한 번도 답장을 안 해도

사람에게 손 편지 받는 거 참 기분 좋은 일 아니냐며
만날 때마다 건네주는 사람인데…….

음성 메시지에는 노래를 녹음시켜 놓고
헛바늘 돋았다고 했더니
헛바늘에 좋다는 약과 꿀을 사들고
밤늦게 미안하다며 그대로 돌아갔으면서

아직은 좋아하지 않는다고 해도
먼저 시작했으니
지켜보기만 하라면서
난 그렇게 자꾸 받기만 하는데,

그게 미안해 죽겠는데,
잘해 주는 건 고마운데,
이렇게 받기만 하는 건 아닌 것 같은데,
어떻게 계속 만나요.

당신도 그런가요?

주변 사람들은 내가 아닌 그가
당신과 잘 어울린대요.
알아요.
그는 남자인 내가 봐도 참 좋은 남자 같아요.
키도 크고 서글서글한 성격에
맡은 일도 책임감 있게 잘한다는 거,
그렇게 멋진 남자여서 내가 더
아무 말 못하고 있는 거예요.

사람들과 이야기하면서 또 당신 이야기가 나왔어요.
그리고 그의 이야기도 나왔죠.
보기 드문 훈남이라며 그를 칭찬하더라고요.

그러면서 두 사람이 참 잘
어울린다는 이야길 하더군요.
그 속에서 저도 그렇게 말했죠.
제가 봐도 두 사람은 참 잘 어울린다고요.
'나랑은 어때요?'
라고 물어보고 싶지만,

정말 당신과 내가 잘 어울렸다면
사람들이 그렇게 말했겠죠.
그 사람과 당신이 잘 어울린다고 말하는 것처럼
나와도 잘 어울린다고…….

그래요.
어울리는 사람과 사랑하는 게
내가 욕심을 부리기보다
당신이 행복한 게
저는 더 좋아요.

알아요, 나도 그가 좋은 사람이란 건
하지만 그는 정말 그냥 좋은 오빠일 뿐이에요.
외모가 닮았다면 일단은 기분 좋죠.
왠지 잘 어울리는 한 쌍 같다는
그런 이야기를 들으면 말이에요.

그런데 난 그가 아닌 당신이 좋아요.
처음부터 그랬어요.
사람들이 뭐라고 하든 내 눈엔 당신만 보였어요.

당신이 만약 조금만 더 눈치가 빠른 사람이라면
내 마음 정도는 알 수 있을 텐데 말이에요.

사람들과 찍은 사진을 보고 있어요.
알고 있나요? 항상 당신의 옆에는 내가 있다는 걸 말이에요.
버스를 타고 이동할 때도,
또 함께 모여 앉아 식사를 할 때도
항상 당신 옆자리에는 내가 앉아 있었어요.

내 눈에는 당신만 반짝이는 걸요.

사람 좋은 웃음 소탈한 마음에
당신과 함께 있으면 말도 제대로 못하고
물만 자꾸 마시게 되는 걸요.

우리가 손을 잡고 나타난다면
분명 사람들이 우리도 잘 어울린다고 할 거예요.

당신은 마음이 참 멋진 사람이에요.

생 일

그녀가
인기가 많은 사람인 건 알고 있었지만
정말 많은 사람이 모였더군요.
학교를 다니면서
친구들끼리 생일 축하를 할 때를 빼곤
사회생활에서 만난 사람들 중
가장 많은 사람을 본 것 같아요.

그녀가 일일이 초대를 했는지
아니면 사람들이 알아서 왔는지 모르지만,
굉장히 많은 사람들에게 축하를 받았어요.
그 작은 술집이 그녀를 축하해 주기 위한 사람들로
가득 찼더라고요.
사람들이 축하한다고 인사를 하고
선물을 건네고 소원을 빌고 촛불을 껐어요.
그리고 그녀는
테이블 밑에서 여러 개의 종이 가방을 꺼내더니
사람들에게 일일이 작은 화분을 하나씩 나눠 줬어요.
자신의 생일을 축하해 줘서 고맙다고,

이렇게 많은 분들에게 사랑을 받는다는 게
참 고마운 일이라며 감사해 하더라고요.
처음 봤어요.
생일 당사자인 사람이
다른 사람에게 고맙다는 인사를 하며
선물하는 모습은…….
저 역시 화분을 받았어요.
화분에는 익숙한 글귀가 적혀 있네요.

'네가 오후 네 시에 온다면
나는 세시부터 행복해지기 시작할 거야.'

설레는 글귀지만 다른 사람들에게도 똑같이
그렇게 화분에 글이 적혀 있었어요.
그녀는 그렇게
사랑받을 수밖에 없는 존재네요.

참 사랑스러운 사람이에요.

그도 제 생일에 온다고 했어요.
오래전부터 마음에 담아둔 사람인데…….
온다는 그 발걸음도 반갑지만,
어떻게든 내 마음을 보여 주고 싶었죠.

그런데 아직 그의 마음도 모른 채
좋아한다고 고백했다가
괜히 어색한 사이가 될까 봐
겁부터 나는 거예요.

고심 끝에
생일 축하를 위해 모인 사람들에게
화분을 선물하기로 했어요.
그 화분에 제가 좋아하는 문구를 적고
하나씩 나눠 주려고요.
물론 그에게는
제 마음을 담아서 적어 줄 생각이에요.
그가 오래전에 가르쳐 준
어린 왕자의 글귀를

그도 기억하고 있을까요?

다른 사람들에겐
좋은 글귀를 적고,
그에게만 어린 왕자에 나오는 문장을
적어 놨어요.
언젠가 그가 사랑하는 사람과의 약속은
만나기 전부터 행복하다며 말해 준
그 문장을요.

그가 그 문장을 보면
내 마음을 알까요?
그의 화분만 따로 작은 종이 가방에 담아
다른 사람들과 섞이지 않게 됐어요.
다른 화분은 누가 가져가도 상관없지만,
그가 받을 화분에는
작은 하트도 숨겨 놨거든요.

그가 내 마음을 알아줬으면 좋겠어요.

배려

그는 참 배려가 깊은 사람이에요.
그리고 통하는 곳도 참 많은 사람이고요.
오래전 오빠와 헤어지고
마음을 닫고 살았는데,
왠지 그라면
마음을 열어도 될 것만 같아요.

약속하지 않고 우연히 들른 카페에서
그를 만나기도 했고
똑같은 음식을 좋아한다며
서로 한바탕 웃기도 했어요.

친구들과 술을 마시다가
그 사람 이야기가 나왔는데,
마침 그때 그가 술집으로 들어왔어요.
친구들과 약속이 있다며
들렀다고 하더군요.

어쩌면 그렇게 통하는 것이 많을까?

어떻게 그렇게 필요한 곳에 나타나서
나를 이리도 기쁘게 해줄까?
이 사람이
내 마지막 사람일까?
라는 생각이 들어요.

그는 친구들과의 약속도 미룬 채
제 친구들과 즐거운 이야기를 나눴고,
친구들도 하나같이
좋은 사람 만난 것 같다며
축하해 주더군요.

마치 오랫동안 알고 지낸 것 같은
이 남자.
어쩌면 나도 영화에서나 나올 법한
소울메이트를 만난 게 아닐까요?

이 사람이라면
다치지 않고 사랑할 수 있겠죠?

그녀가 무얼 좋아하는지 궁금했어요.
어떤 음식을 좋아하고
어떤 커피를 좋아하고
출근할 때는 어떤 모습인지
좋아하는 연예인은 누구이며
친구들과는 어떤 이야기를 나누는지,

SNS에 나오는 아이디로
검색 사이트에서 검색해 보니
여러 가지 이야기들이 나왔어요.
그녀가 오래전에 사용하다 그만둔 것 같은 미니 홈피와
여성 의류 게시판에 배송 문의를 올린 글,
방송국에 올린 사연,
친구의 생일이라며 함께 찍은 사진들이 보였어요.
그녀가 불편하지 않게
조금씩 그녀에 대해 알아가고,
혹시라도 자주 마주쳐 그냥 스치는 인연이 아닌
운명이라는 생각이 들기를 바라면서
그녀가 자주 가는 카페에 자주 들르기도 했어요.

어떤 친구들을 만나고
친구들과 어떤 추억을 가지고 살았는지 궁금한 마음에
친구들의 SNS도 살펴봤어요.

한 친구의 SNS에서
그녀가 그렇게 가슴 아파했다던
남자 친구와 함께 찍은 사진도 봤고
그녀가 자주 입는 원피스가
그 사람이 선물한 것이라는 것도 알았어요.
아직 그를 많이 사랑하고 있다는 것도,
가끔 그를 생각하며
친구들과 술을 마신다는 것도 알았어요.
배려가 많은 사람을 좋아하고
공포영화는 싫어하며
김치가 들어간 음식은 다 좋아한다는 것까지…….

조금씩 다가가려고요.
그녀에게 어울리는 남자가 되기 위해
그녀를 배우는 중이에요.

첫 이야기

그녀의 뒤를 우연히 따라가다 기분 좋은 향을 맡았어요.
무슨 향인지 정확히는 모르지만, 그녀가 걸어가는 공간에는
기분 좋은 향기의 길을 걷는 듯한 느낌이었죠.

아직 입사한 지 1년이 되지 않은 신입으로
겨우 이름과 얼굴 정도만 아는 직장 동료예요.
같은 사무실에서 일하긴 하지만 부서도 다르고 자리도 멀리 있어
말 한 번 제대로 나눠 보지 못했네요.

조금은 새침한 듯한 인상에
먼저 다가가기가 조심스럽기도 하지만,
언뜻 보아도 열 살은 족히 넘게 차이가 날 것 같은
어리게 보이는 외모였거든요.

언젠가부터 그녀를 의식하기 시작했어요.
그녀의 옆을 지나다 보면 한 번 더 쳐다보게 되고
그녀의 이름이 들릴 때면 나도 모르게
그 쪽을 바라보기도 했거든요.

오늘은 평소와 다르게 예쁜 치마를 입고 왔네요.
오늘 치마가 참 예쁘네요.
그 한마디를 못하고 그냥 미소만 지었어요.

어떻게 첫 인사를 해야 할까요?
무턱대고 관심 있다고 말하면
이렇게 얼굴 보며 웃을 수 있는 것도 힘들 것 같은데,
나는 왜 이렇게 용기가 없는 걸까요?

저녁에 친구들과 생일 파티가 있어 평소 입지 않던 치마를 입었어요.
복장은 비교적 자유로운 회사여서 잘 신지 않던 힐도 신고
한껏 멋을 부렸어요.

하필 오늘 갑작스런 전체 회의가 있다고
5층 회의실로 모이라는 거예요.
5층 이하의 높이는 계단을 이용하라는 회사의 방침 때문에
힐을 신고 또각거리며 회의실로 향하는 중이었어요.

제 발걸음과 다른 묵직한 발걸음이
제 뒤를 따라오고 있더군요.
짧은 치마가 신경 쓰여 조금 빠른 걸음으로 걸었는데,
이상하게 그래도 더 가까워지는 거예요.
누군지 궁금해 살짝 뒤를 돌아보니,
평소 인상이 좋아 눈인사 정도는 건네던
옆 부서 선배님이었어요.

좋은 인상을 가진 분이셨는데,
여자가 계단을 올라가면

뒤가 신경 쓰인다는 에티켓 정도는
아시는 분이라 생각했는데
실망이에요.

기분 좋은 약속이 기다리는 금요일.
그분의 속내는 모르겠지만,
살짝 짜증이 나는 하루가 될 것 같아요.

신경 쓰여요

요즘 들어 그녀가 자주 보여요.
늘 같은 자리에 있는 그녀지만
조금 더 시선이 간다는 게 맞는 것 같아요.

요 며칠 표정이 어두워 보이니까
무슨 일이 있는 건 아닌지 걱정도 되고
원래 저렇게 무뚝뚝하게 자기 일만 하는 사람이었나?
하는 생각도 들었어요.
그러고 보면
나는 그녀에 대해 참 많은 걸 모르고 있었던 것 같아요.
물론 알고 있는 것도 적지만,
그녀가 웃을 때 참 예쁘다는 건 알고 있었거든요.

성격이 좋아
자기보다 나이가 많은 여자 상사들에겐 언니 언니하며
살갑게 굴기도 하고
생각지도 못한 시간에 커피를 한 잔씩 타 주며
힘내라고 인사하는
무척이나 밝고 순수한 그녀였거든요.

언제부터 제가 그녀를 의식하게 되었는지는 모르지만
그녀가 출근하는 시간이면
괜히 한 번 더 돌아보게 돼요.
어떤 옷을 입었고
어떤 표정을 지으며 일하는지
사람들과는 어떤 이야기를 나누는지…….

다이어트 한다고
점심도 제대로 먹지 않고
그냥 그 자리에 앉아 일만 하고 있는 모습을 보면
식당으로 끌고 가 뭐라도 먹이고 싶네요.

처음엔 회사에서 그녀를 바라보는 시간이 많았는데
요즘은 퇴근하고도 가끔 그녀 생각이 떠나질 않아요.

최근 들어 어두워 보이는 표정 때문일까요?
자꾸 그녀가 신경 쓰여요.

부서 사람들과 회식을 하면서
참 많은 술을 마신 것 같아요.
늘 친한 사람들끼리 뭉쳐 앉아 있다고
족제비 부장님께서 섞어 앉으라고 하셨는데,
그 사람 옆자리에 앉게 되었어요.
서글서글한 성격이어서
평소 괜찮은 사람 같다는 생각만 가지고 있었지,
그렇게 많은 이야기를 나눠 보진 못했었거든요.

자세히 보니 생긴 것도 제법 잘생긴 것 같아요.
이렇게 잘생겼었나?
왜 지금까진 자세히 보질 못했지?
그와 이야기를 나누는 동안
'참 괜찮은 사람이다.'
라는 생각이 떠나질 않았어요.

1차, 2차 자리를 옮기고
노래방까지 함께 따라갔어요.
평소 같았으면 늦었다며 먼저 일어났을 테지만

그
여
자

그도 노래방에 간다는 이야기를 듣고
괜히 조금이라도 더 같이 있고 싶었거든요.
마이크를 잡고도 다른 사람의 노래에는 참견하지 않으며
재미있는 춤으로 사람들과 어울리고
술에 취한 사람들을 보살피는 그를 보니,
왠지 설레어 오기 시작했어요.

늘 봐 오던 사람인데,
출근할 때 뭘 입어야 할까?
머리는 잘 말렸나?
화장이 잘 되었는지
하나하나 신경 쓰이기 시작하네요.

예전 같으면 아무렇지 않았을 텐데
그가 밥 먹었냐는 인사를 물어 와도
왠지 대답을 못하겠어요.
점점 말수가 줄어드는 것 같아요.
자꾸만 그 사람에게
신경이 쓰여요.

인연

다가오는 걸음에 맞춰
한 걸음 더 다가가야 하는지
한 걸음 더 조심해야 하는지
가까이 가고 싶은 마음에
한 걸음 더 가도 되는지
한 걸음 더 참아야 하는지
아직 잘 모르겠습니다.

다가오는 사람에게도
마음을 어떻게 다듬고 마주쳐야 할지
다가가고 싶은 사람에게도
어떻게 마음을 전해야 할지
늘 어려운 게 사람 사이 같습니다.
있는 그대로 마음 가는대로 살고 싶은데
내 마음을 오해해서 그 마음을 작게 보거나
그 마음을 더 크게 봐서 상대가 상처를 받거나
내가 상처를 받거나 그런 인연이 되는 게
너무 두려웠습니다.

다가오는 걸음을 알고도
애써 모른 척해야 할 때도
다가가고 싶음에도
애써 참아야 하는
그런 관계는
사람을 참 아프게 합니다.

그렇게 힘든 과정을 거치고
잡은 손임을 알기에
사랑이 더 그립나 봅니다.

인재 검색

구인 사이트를 봤다며 연락이 왔어요.
호주에서 돌아온 뒤 바로 취업할 생각이어서
여기저기 마땅한 회사를 찾기도 하고
이력서도 등록을 해놓았었거든요.
마음에 드는 회사에 이력서를 넣었지만
아직 연락이 오지 않은 곳도 있고
면접 결과를 기다리는 곳도 있어서
먼저 채용의사를 밝히고 면접을 보겠냐는 전화는
당연히 반가울 수밖에 없어요.
그런데 이 남자, 이상한 이야기를 하고 있어요.
모 기업의 인사 담당자라고 인사를 하고는
제 이력서를 보고 마음에 든다나요?

당황스럽기도 하고 얼떨떨한
마음에 어떻게 해야 할지를 모르겠어요.
친구들에게 이야기 했더니, 좋겠다며 난리가 났어요.
한번 나가 보라는데 어떤 사람인 줄 알고 나가겠어요.

꼭 좀 나와 달라며 신신당부를 하는데

목소리를 들어 봐선 나쁜 사람 같지는 않던데
고민 중이에요.
그 사람이 말한 회사 홈페이지에 들어가 봤어요.
그 사람이 봤다는 구인 사이트도 들어가 보니
정말 직원을 뽑기도 하더라고요.
저와는 상관없는 부서이긴 한데 어떻게 할까요?

약속 시간이 다가오는데 아직도 고민 중이에요.

회계팀 신입 직원을 채용한다는 공고를 올리고
부장님의 지시에 따라 인재 검색도 신청을 했어요.
업무에 맞는 기술과 경력을 고르느라 여러 사람의
이력서를 찾아봤어요.
그러다 한 사람의 이력서를 봤는데,
다른 사람과는 다르게 활짝 웃고 있는 모습이
눈에 확 들어오더군요.
회사가 요구하는 인재는 아니지만,
나도 모르게 이력서를 출력했어요.
인재 검색을 통해 찾은 사람들에게 전화를 하고는
그 사람의 이력서를 찬찬히 살펴봤어요.
생긴 것만 예쁜 게 아니라 자기소개서도
똑 부러지게 썼더라고요.

우리 회사에 그녀와 맞는
빈자리가 없다는 게 속상했어요.
며칠을 이력서를 들고 다니며 고민하다
그녀에게 전화하기로 마음먹었죠.
'대뜸 전화를 하면 놀랄 테니 메일에 내 소개를 해볼까?'

하는 생각도 했었지만,
역시나 전화로 솔직하게 말하는 게 나을 것 같았어요.
그녀에게 전화를 하는 동안 잠시 기억을 잃었었나 봐요.
무슨 말을 했는지, 또 어디서 만나자고 했는지,
전혀 기억이 나질 않아요.
시간은 알겠는데…… 어쩌죠?

다시 전화를 해볼까요?
내가 이런 일을 저지르다니, 나 스스로도 신기해요.
이렇게 인연을 시작할 거라곤
나도 전혀 예상하지 못했었거든요.

나를 보고 실망하지는 않을까 고민이네요.
그래도 다시 용기를 낼 생각이에요.
용기 있는 자가 미인을 얻는다고 하잖아요.

펜팔

오랜만의 한국행입니다.
잠시 떠났던 여행길에서 생각지도 못했던
문화적 충격에
눌러앉은 지가 벌써 2년째입니다.
그들의 다름을 이해하고
이제 어느 정도 의사소통도 통하고
외로움도 덜하게 된 시간이지만,
오랜 시간 메일을 통해 이야기를 나눈
한 사람을 만나러 갑니다.

처음 중국에서 삶을 시작하며
한국에 대한 향수와 한국 사람에 대한 그리움으로
사람 향기가 가득한 한 사이트에서
펜팔을 원하는 한 사람을 알게 되었습니다.
고향 지역 사람이긴 하지만
중국에서 앞으로의 삶을 살아갈 거라 다짐했기에
그냥 잠시 그리운 향기를 달래려
호기심에 메일을 보냈었습니다.

하루 한 통을 보낼 때도
며칠에 한 통을 보낼 때도
하루에 서너 통을 보낼 때도 있을 만큼
소소한 이야기를 나누다 보니 어느덧
주고받은 메일만 천여 통…….
글 쓰기를 좋아한다는
공통분모로 시작한 인연이
서로의 속내를 열며 친해지다
어느새 문자를 주고받으며
국제 전화를 하는 사이가 되었습니다.

문명의 발달로 비록
다른 나라에서의 삶이지만
크지 않은 시차에 감사하며
무료 인터넷 전화도 하고
화상 채팅도하며 안부를 묻다가
지독한 감기에 앓아누운 어느 날,
아프지 말라며 울먹이는 그녀의 목소리를 듣고는
가슴 한 켠이 내려앉았습니다.

그 뒤로 그녀는
더 이상 친구가 아니었고
설레는 마음을 멈출 수가 없었습니다.
그녀에게는 잠시 고향집에
들른다고 했습니다.
오랜만에 찾는 집이기도 하지만
잠시 시간을 내준다면 같이
커피라도 하지 않겠냐며
약속을 잡았습니다.

비행기 밖으로 한국 땅이 보입니다.
그녀가 살고 있는 땅입니다.
잠시 떠났지만 한 시도 잊지 않았던
내 나라가 다가옵니다.
그리고 볼일이 있어 잠시 들른다던
이번 귀국에서
그녀가 제일 중요한 약속이라는 것을
그녀는 아직 모릅니다.

가만히 같이 서 보면
그녀의 키는 내 어디쯤 올지
그녀의 걸음걸이는 어느 정도인지
그녀가 밥을 먹는 모습은
어떤 모습일지 궁금합니다.
비행기가 그녀에게 더욱 가까이
데려다 줄수록
심장은 더 빨리 뜁니다.

그녀가 보고 싶습니다.

그가 옵니다.

소설부문 등단이라는 목표가 있어
사람들이 살아가는 삶의 이야기도 듣고
그들의 인생에서 글에 대한 소재와 상상력도 얻으며
혹시나 있을지 모르는 좋은 사람도 만날 수 있으니
펜팔 친구를 구해 보고 싶은 마음이었습니다.

생각보다 많은 메일이 왔고 그도 그중
한 사람이었습니다.
그러나 그는 어쩌면 저와 인연이
아닌 채 지나칠 수 있었지만
왜 그랬는지 모릅니다.
다른 사람과 메일을 주고받으며
스팸 메일을 정리하던 중
'글쓰기를 좋아하는 남자입니다.'
라는 제목의 메일이 스팸으로 분류가 되어
도착한 것을 알았습니다.

평소 같으면 스팸은 확인도 하지 않고
그냥 지웠을 텐데
왜 그랬을까요?
인연이 되려고 그랬는지 무심결에 열어 본
스팸 메일함에서 그의 메일을 발견했습니다.
자기는 중국에 있고 중국의 문화가 좋아
거기서 살고 있다는 내용이었습니다.
한국 사람이 그립고,
적응하는 동안 친구가 되어 달라며
보낸 메일이었습니다.
왜 스팸으로 분류가 되었는지는 모르지만,
아마도 중국에서 보낸 메일이어서
자동으로 넘어갔을 거라
그렇게 믿고 있습니다.

그 후로 그의 이름을 따로
분류해 메일함을 만들었습니다.
다시 스팸으로 분류되는 것을 막기 위해서.

그 사이 몇몇 사람들과의 메일도 차츰 멀어져 갔고
다른 사람을 마음에 두고 있다는
그에게 왠지 모를 서운함에,
그 사람에게 충실하라며 잠시 메일을 그만두고
멀어지기도 했었습니다.

그렇지만 메일을 나누며 알게 된 그의 넉살 때문인지
우리는 2년여 동안 메일을 나눴고,
오랜만의 귀국이라며 한국에 들른다고 했습니다.
같은 고향 사람이라며 반가워하던
그와 마침내 만나게 됩니다.

소극적인 성격 탓에 누군가에게 마음을 털어놓으며
쉬 마음을 열지 못했던 내게
그는 세상을 연결하는 다리가 되었습니다.

그가 장난스레 붙여 준 별명이
그가 내게 해준 말들이 힘이 되어
하루하루를 살아가는 동안

그가 보고 싶어졌습니다.
화상 채팅을 하는 늦은 저녁이면 티 나지 않게
옅은 화장을 하고
어쩌다 그에게서 전화가 오면
목소리를 가다듬느라
늘 늦게 받았었습니다.

그가 심하게 아프던 날,
나도 모르게 울먹이는 목소리를 그도 들었을 겁니다.
한 번도 보지 못한 사람이
어느샌가 제 마음속 주인이 되어 버렸습니다.
오랜 친구 사이에 가볍게
커피나 한 잔 하자며 약속은 잡았지만
어떤 옷을 입어야 할지,
어떤 말을 해야 할지 머릿속이 하얗기만 합니다.

그에게 이제는 여자이고 싶습니다.

다녀왔습니다

함께 걷는 발걸음이 왼발 오른발 같을 때도
난 행복함을 느낍니다.
누구나 가지고 있을 법한 조그만 닮음에도
난 신기함을 느낍니다.
어릴 적 옆집에 살았다는 것도, 같은 학교 동문이라는 것도,
아르바이트를 하던 순간에도 바로 옆 가게에서 했었다는…….
그저 서로가 서로를 알아보지 못했을 뿐
우리는 늘 서로의 주위에서 머물러 있었다는 사실에도
그저 감사할 따름입니다.
처음 만나던 날,
왠지 이 사람과 친해질 것 같다고 느꼈다는
그녀의 작은 느낌도
그 후에 보이지 않게 그녀에게 머물러 있던 내 시선도
그리고 이렇게 사랑하는 나를 만들어 준
지금의 그녀에게도
어쩌면 저 멀리 어디에선가
이제 두 사람을 만나게 해줬으니
마음껏 사랑해 보라고 우리를 지켜보고
계실지도 모르는

어떤 분에게도

그녀를 내가 없는 동안 지켜 준 사람들도
그녀를 만나기 전에 내가 만나
사랑이 무언지 가르쳐 준 사람들에게도
내 부모님과 그녀의 부모님에게도 감사드리며
그녀에게 인사를 전합니다.
잘 다녀왔으니
우리 머물러 뿌리 내려 나무가 되자고요.

이제 움직이지 말고 이 자리에 서서
서로만을 바라보며 사랑만 하자고요.

내 나이 여든이 되는 날에도
그대에게 입맞춤하는 주책바가지
남편이 되겠습니다.

자기와 하는 건 무엇이든 처음이니 그가 내 첫사랑이라고 합니다.
그간 많은 사람들을 만나 사랑하고 이별했기에
지금의 자기가 있다면서
지나간 사랑을 아무렇지 않게 내게 털어놓은 사람입니다.
그러면서 한다는 고백이
"다녀왔습니다."
랍니다.
그간 자리를 비워 미안하니 자기 자리로 돌아왔다며
이젠 어디 다른 곳으로 안 갈 거랍니다.

내가 사랑 때문에 상처받아 눈물 흘린 일이 있다면,
이제는 사랑 때문에 행복해서 웃을 일만 남았답니다.
내게 아픔이 있었던 것은 먼저 태어난 그가
그의 삶을 바르게 살지 못했기에
그 죗값이 나에게 돌아오는 거라고 합니다.
나보다 오빠면서 아이 같은 짓만 골라 합니다.
자꾸 보고 싶다고 칭얼거리고 손잡고 싶다고 보채 옵니다.
어쩌다 나를 속상하게 만들어서
"일주일 동안 안 만나 준다."

그랬더니, 삐쳐서는 말도 안 하는 사람입니다.
그동안 나도 여러 사람을 만나
사랑을 받았고 사랑을 해봤지만
나를 바라보는 시선에서는
내가 이렇게 사랑받고 있구나,
내가 그렇게 사랑스러운 사람이구나
하는 생각이 저절로 들 만큼
사랑스러운 눈으로 나를 바라보고 있습니다.

그가 굳이 사랑한다는 말을 하지 않아도
나를 바라보는 그의 눈을 바라보면
사랑에 빠졌다는 것을 금세 알 수 있습니다.

그는 스스로를 선인장이라 불렀고
나는 스스로를 눈사람이라 불렀는데,
그의 따스함에 녹아 버리게 되었습니다.
무엇보다 내가 사랑한다는 것에 행복하고
우리가 만난 인연에 감사하게 하는
내 하나뿐인 사람입니다.

그에게 말했다

그에게 말했다.
나, 옛날 남자 친구에게 한 달만 다녀오면 안 돼요?

내가 웃는 시간이 많아질수록
헤어진 옛 남자 친구가 눈물짓는 시간이 많아진 것 같았다.
옛 남자 친구가 힘들어 하는 소식을 들을 때마다
나 때문이라는 죄책감에 마음이 편하지가 않았다.
이런 상태로는 그와도 좋은 사이가 될 것 같지 않아
그에게 해서는 안 될 말인 것을 알면서도
정리하기 위한 시간이 필요하다고 했다.

그는 말을 제대로 잇지 못했다.

아니, 처음에는 내게 '참 나쁜 사람이네요.' 로 시작해서
그 한 달이면 다 될 것 같으냐고
아직도 옛 남자 친구에게 미련이 많다고
자신은 몰랐겠지만 그 사람을 사랑했던 것 같다고
그럴 거면 나도 만나지 말았어야 했다고
다시는 못 볼 사람이 될 것처럼 따지기 시작했다.

어차피 그는 내게 한 달이라는
나만의 시간을 주기로 했고
그 시간을 내가 어떻게 보내든
상관없을 것 같았는데
내게 시간을 주기로 한 사람이
이런 식으로 나오자 당황스럽고
어쩐지 살짝 기분도 나빴다.
이 사람을 다시는 못 볼 수도 있겠구나 하는
생각에 찔끔 눈물도 났다.

나는 그저 한 달이라는 시간 동안
옛 남자 친구가 맘을 잡을 수 있도록 해주고 싶었을 뿐인데,
아무 일 없이 그렇게 모든 것들을 제대로 정리하고
그에게 가고 싶었는데,

한 달이면 옛 남자 친구와도 아프지 않게 이별하고
그와의 시간도 행복하게 시작할 수 있을 것 같은데…….
그의 이야기를 듣는 동안
그의 말이 조금씩 끊기기 시작하더니

더이상 통화를 못하겠다며 전화를 끊어버린다.

그가 울먹이는 소리를 들어 버렸다.
마음이 아프다.
이대로 끝일 것만 같다.
시작도 못해 본 채 이대로 끝일 것만 같다.

다시 전화가 왔다.
내가 기분이 상했을 것 같다면서
풀려고 전화했다고 한다.
너무 바보 같다.

내가 생각한 건 그게 아니었다고 말했다.
예전처럼 지내는 것이 아닌, 밥도 먹을 수 있고
전화 오면 통화할 수도 있는
그렇게만 다녀오고 싶은 거였다고

그는 그런 거였다면 오해였다고 미안하다고 한다.
당신을 정말 많이 좋아하는 것 같다고

자신의 마음도 몰랐다며 이렇게 깊은
마음인 줄 몰랐었다고 한다.

그렇게 처음 다퉜다.

그녀와 처음 만난 건 퇴근 후 배우기 시작한
영어 학원에서였다.
그동안 평소 외국어를 쓸 일이 없었기에
필요를 느끼지 못하다가
외국 바이어를 만나고는 지금의
내 모습에 충격을 받았었다.
그래서 당장 학원을 알아보고는
아침잠이 많은 탓에 저녁반
수업을 듣기 시작했다.

그러다 집이 같은 방향인 한 사람을 알게 되었다.
나보다 한 정거장 먼저 내리는 그녀였기에
자연스레 집으로 가는 길에 그날 배운 회화며
하루하루의 이야기를 나눠 갔었다.

몹시 추운 어느 날,
따뜻한 어묵탕에 소주 한 잔 하고 싶다는
혼잣말을 뱉었더니
용케 그 말을 들었는지 자기랑

그
남
자

같이 한 잔 하지 않겠냐고 물어 왔다.
평소 그녀에게 호감을 가지고 있던 나는 흔쾌히 승낙했다.
그렇게 그녀를 만나기 시작했지만
그녀에게는
이미 남자 친구가 있었다.

매일 얼굴을 마주하면서
서로에 대해 알아가고
이미 그녀의 곁에 있는 누군가가
그렇게 부러울 수가 없었다.
어느샌가 그 남자 친구에게는 비밀로 하며
우리 둘이 만나는 시간은 점점 많아졌다.

한번은 심야 영화도 봤다.
그것도 첫눈 오는 날…….
약속을 잡고 영화관으로 향하다 보니,
어느덧 눈송이가 흩날리고 있었다.

왜 그때 그런 생각이 들었는지 모르지만,

'우리 영화 다 보고 나올 때까지 눈이 내리면 사귈래요?'
라는 말이 목까지 차올랐다.

영화를 보고 나와서는
첫눈을 반기는 여느 연인들처럼
누가 먼저랄 것도 없이 눈싸움을 하기 시작했고,
내가 던지는 눈뭉치를 피해 다니며
이리저리 도망 다니던 그녀는
가까이 다가가 공격하려는
내게 나를 닮은 눈사람을 건넸다.
그날 우리는 무슨 이야기가 그렇게 많았는지
아침 해가 뜰 때까지 포장마차에서 술잔을 기울였다.

그렇게 사랑하는 사람이 있는 사람을
난 가슴에 담아두기 시작했다.

그렇게 한 달여의 시간을 더 보내는 동안
그녀는 의무감으로 그를 만난다고 말했고
그를 사랑하지 않는다고 말했다.

학교 후배였던 그를 만나
몇 년을 함께 보냈지만
그와 헤어지면 다른 사람들과의
관계가 어색할 것 같아서
차마 정리 하지 못하고 있었다고 했다.

마음을 열고 세상이 그녀밖에
보이지 않던 어느 날,
그녀는 그에게 한 달만 다녀오면
안 되겠냐고 물어왔다.
우리는 연인도 아니었고,
사귀는 사이도 분명히 아니었지만
왠지 화가 났다.

찢어지는 가슴과 아픈 눈물도 함께⋯⋯.

사진

그를 처음 만난 건 사진 동호회에서였어요.
까무잡잡한 피부에 말수가 없는 그이지만,
사진에 관해서는 남다른 철학을 가지고 있었고 사진도
잘 찍는 편이었어요.
그는 그림 그리는 것을 좋아하는데 어릴 적 사고로
손을 다치고는 그림 그리는 것을 포기했대요.
그 후 카메라를 장만해서 그림 대신
풍경과 사람들을 담으며 살아가고 있대요.
아이들을 좋아해서 초등학교 선생님이 되었다는데,
그러고 보면 그는 좋아하는 일들을 하면서 살아가는
복 받은 사람 같아요.

학생들을 가르쳐서인지 처음 사진을 찍는 제게
조곤조곤 카메라의 여러 가지 기능과 피사체를 바라보는 시선,
같은 사물이어도 어떤 조명과 어떻게 피사체를 담으면 되는지,
많은 것들을 정말 상세하게 가르쳐 줬어요.

모임이 있은 후 뒤풀이로 노래방에 갔었는데 노래는
또 얼마나 잘하는지

아직까지 여자 친구가 없다는 사실이 믿기지 않을 만큼
괜찮은 사람이에요.
인기가 많았을 것 같다는 이야기에 그냥 웃어 버리는
소탈한 성격에 완전 제 이상형이에요.

그런데 언젠가 제 마음을 눈치챈 동호회 사람들이
그와 저를 나란히 세워 사진을 찍으라고 권한 적이 있었는데,
그는 내가 마음에 들지 않았는지 한사코 거절하더라고요.
어떻게 이 사람의 마음을 열 수 있을까요?

이제 저는 카메라만 봐도 그 사람이 생각나요.

벌써 10여 년이라는 세월이 흘렀네요.
제게도 사랑하는 사람이 있었어요.
사람의 뒤에서 후광이 비친다는 말을
저도 그때 처음 알았었죠.
왜 그랬는지 저 자신도 모르겠어요.
그 사람의 웃는 모습에 가슴이 두근거리더니
무작정 그 사람이 좋아지더라고요.

저의 적극적인 구애로 결국 그 사람과 연인이 되었지만,
아직 학생이던 저에 비해 번듯한 직장을 다니고 있는
그녀와의 차이는 생각보다 많이 힘들었어요.
그 사람은 일찍 결혼하기를 바랐고
안정된 직장이 있는 사람이길 바랐어요.
그럼에도 그 환경을 극복하고
많은 추억을 만들기 위해 참 많은 사진을 찍었어요.
그런데, 그런 추억들이
나중에 그녀가 떠난 뒤에는 저를 참 많이 아프게 했었어요.
추억이 있는 장소만으로도 모자라
다니는 곳이 어디든 사진으로 남기다 보니,

그 사진들 속에서 여전히 저를 보며 웃고 있는
그녀를 잊는 시간이 너무 아프더라고요.
사진 찍는 걸 좋아하지만
그 이후부터 저는 시간을 기록하지 않게 되었어요.
어떤 사람을 만나더라도 어떤 추억의 장소에 가더라도
내 모습이 들어간 사진은 못 찍겠더라고요.

말 그대로 '겁쟁이'가 된 거예요.
최근 동호회에서 만난 꼬마 숙녀가 자꾸만 눈에 밟혀
그 친구의 사진을 많이 찍었어요.
그런 제 마음을 아는지 동호회 사람들이 두 사람이 함께하는
사진을 찍어 주겠다며 우리 둘을 카메라에 담으려 했어요.

늘 그렇듯
저는 또 도망치고 말았네요.
그 꼬마 숙녀를 혹시나 마음에 담아두다가
나중에 또 상처 받게 될까 봐
거절하고 말았네요.
저는 참 겁쟁이예요.

동행

형부가 한동안 출장을 간다고
혼자 지내기 무서우니
잠시만 와달라고 전화가 왔었어요.
언니가 있는 곳은 강릉으로,
형부의 고향이죠.
두 사람은 언니가 동해로
놀러갔을 때 만났어요.

친구들과 민박을 빌려
여행을 하던 길에
민박집 일손을 돕던
한 청년을 알게 된 거예요.
언니는 바보같이
형부에게 먼저 반했다며
연락처를 달라고 했대요.
형부는 민박집 아들의 친구로 늦은
나이에 군인이 된 친구를 대신해
잠시 일손을 돕고 있었다고 하더라고요.

6개월여의 장거리 연애 끝에
우리 이렇게 자주 못 보는 거
힘들지 않으냐고 묻더니
갑자기 프러포즈를 했대요.
그 길로 바로 결혼한 언니는
아직 애가 없는 2년차 신혼부부예요.

기차를 좋아하는 편이지만
언니 집으로 가는 길은
버스가 더 편리한
교통수단이라 버스를 골랐어요.
버스를 탈 때면 혹시 옆자리에 이상한
아저씨가 앉지는 않을까?
걱정을 하기도 하지만
오랜만에 언니를 본다는 생각에
풍경이 잘 보이는
창가에 앉았어요.
누군가가 옆자리에 앉을까 봐
가방을 옆에다 두고

창밖 풍경을 보고 있었죠.

사람들이 많이 오르더니
한 남자가 옆에 자리가 있냐고 묻는 거예요.
이왕이면 같은 여자가 앉으면 마음 편히 가겠지만
소심해서 아무 말도 못하고 가방을 치웠죠.

얼굴은 자세히 보지 못했는데,
향수를 쓰는지 좋은 냄새가 났어요.
언뜻 옆모습을 봤는데 짧은 머리의 모습이
제 또래로 보이더군요.

기분 좋은 냄새 때문인지
자꾸 옆에 앉은 남자가 신경 쓰여요.
차창에 비친 그의 모습을 보니 오뚝한 콧날에
안경을 쓴 모습이 나쁜 사람 같지는 않아요.
창밖을 보려고 앉았는데 그의 모습이
자꾸 눈에 어른거리네요.

깜빡하고 이어폰을 가지고 오지 않아
음악도 못 듣고 심심할 것 같았는데,
기분 좋게 창밖을 보며 가끔
창에 비치는 남자의 모습을 보며
즐거운 상상이나 하며 가야겠어요.

차창에 비친 그의 모습을 보니 밖을 보는 것인지
시선이 내 쪽으로 향해 있어요.
아, 나 오늘은 머리 안 감는 날이라 그냥 나왔는데
혹시 머리에서 냄새라도 나면 어떡하죠?

내가 아니라 창밖 풍경을
보기를 바랄 뿐이에요.

저희 집은 작은 민박집을 운영하고 있어요.
고등학교 선생님이셨던 부모님께서 정년퇴직을 하시고
소일거리로 시작한 일이셨어요.
졸업한 부모님의 제자들도 가끔 찾아오고,
또 어머니께서 워낙 친절한 성격이셔서 단골이 많은 편이에요.
몇 년 전인가?
제가 조금 늦은 나이에 군대를 가게 됐을 때
친구에게 어머니를 도와달라고 부탁을 한 적이 있는데,
글쎄 그 녀석이 우리 집에서 아르바이트를 하다가
지금의 제수씨를 만났다고 하더라고요.
그것도 제수씨가 먼저 제 친구에게 반했다며
연락처를 달라고 했대요.

친구 녀석이 자랑하면서 그렇게 이야기할 땐
믿을 수가 없었지만 제수씨가 그렇다고 하니 믿어야죠.
솔직히 인물은 제가 더 나은 것 같은데
제가 군대에 가지 않고 어머니를 도왔다면
어쩌면 내 인연이 되지 않았을까?
하는 쓸데없는 상상을 해봐요.

제대 후 바로 부모님께 인사를 드렸어야 했는데,

복학 때문에 학교 먼저 들렀다가 이제야 고향에 내려가요.

친구 녀석이 출장 가기 전에 시간 맞춰서 내려오라고 하길래

조금 일찍 출발을 하네요.

버스에 올라 좌석표를 확인해 보니 예쁜 아가씨 옆자리에요.

그런데 어디서 본 듯한 얼굴인데 기억이 나질 않네요?

어디서 봤을까요?

이제 막 제대해서 그런지 또래의

여자들만 보면 다 아는 사람 같아요.

창밖만 바라보고 있는데

언뜻 보이는 모습이 참 예쁘게 생겼어요.

고향으로 가는 시간이 왠지 즐거울 것 같아요.

버스에서 마시려고 커피를 샀는데

이걸 건네며 말이라도 걸어 볼까요?

용기 있는 자가 미인을 얻는다잖아요.

무슨 말부터 꺼내야 놀라지 않을까 그 생각 중이에요.

여전히 그녀는 차창만 물끄러미 바라보고 있어요.

카페

예전에는 왜 비싼 돈을 주고 커피숍에서
맛도 없는 커피를 마시며
시간을 죽이는지 이해하지 못했었어요.
학교 자판기 커피도 맛있었고
회사의 구내 커피 또한 일품이었거든요.
여자 친구가 생겨도 제일 하기 싫은 일이
바로 커피숍에 같이 가는 것이었어요.
남들은 다리 아프다며 여자 친구와 같이
쇼핑하는 걸 싫어한다지만,
전 그건 참을 수 있겠더라고요.

아무것도 하지 않고 이런저런 이야기를 나누며
아까운 시간을 낭비하는 것 같은
그런 장소에 왜 그렇게 많은 사람들이 앉아 있는지
이해 되지 않았던 때가 있었어요.
그런데 지금은 제가 카페에 앉아 카푸치노 한 잔을 시키고
커피를 마시며 책을 읽고 가져온 노트북을 꺼내서 무슨 영화를 볼까?
고민하고 있네요.
탁 트인 유리창 밖으로 보이는

사람들의 일상을 바라봄도 좋고,
어두워지는 날씨에 맞춰 하나둘 들어오는
네온도 그렇게 예쁠 수가 없어요.
제목을 알 수 없는 가끔 들리는 카페 음악에 맞춰
흥얼거리기도 하고 혹여 잠시 들리는 그 음악에 반하기라도 하면
없는 숫기지만 종업원을 불러 어떤 음악인지 물어보고 싶기도 하고요.
아, 요즘은 세상이 좋아 음악을 검색할 수 있는 어플도 있더라고요.
참 좋은 세상이에요.

혼자만의 시간을 즐길 수 있는
여유로움이 있다는 것, 아무것도 하지 않고 편하게
기댈 수 있는 의자에 내 하루의 시간을 보낸다는 것이
결코 아깝지 않은 시간이네요.

혼자만의 시간도,
이런 여유도,
좋을 때가 있네요.

애! 저기 창가에 앉은 남자, 아까 우리 들어올 때부터 있지 않았니?
요즘은 남자들도 혼자 카페 많이 오나 봐.
뭐? 촌스런 이야기하지 말라고?
글쎄, 내 주위에는 그런 사람이 없어서 잘 모르겠어.
너 만약에 오빠가 혼자서 저렇게 카페에 앉아서
커피 마신다고 생각해 봐. 청승맞지 않아?

아니, 물론 나도 혼자 커피 마시고 싶을 때가 있어.
응, 그렇지.
하지만 남자가 저러는 건 처음 봐서…….
누굴 기다리는 건 아니겠지?

야, 노트북 꺼낸다.
이어폰까지 꽂네?
영화를 보려나?
아니야, 아까부터 보이긴 했는데
신기해서 그렇지.

에이, 말도 안 돼. 내가 무슨!

그리고 여자가 얼마나 한심하면 혼자
카페에 앉아 있는 남자에게 말을 거냐?
그렇지, 용기 있는 남자가 미인을 얻지?
뭐라고?
저 남자가 예쁘게 생겼으니
내가 미인을 얻는 거라고?
죽을래?
이게 진짜!

그런데 잘생기긴 했다.
혼자 카페에서 저렇게 커피를 마시는 것도
잘생긴 남자가 저렇게 있으니까 멋있어 보이지,
만약에 못생긴 남자가 앉아 있었어 봐.
쳐다보지도 않았어.
뭐? 넌 뭐 잘생긴 남자 싫어?
아니, 너야 오빠가 있으니까 한눈팔면 안 되지만
난 화려한 싱글이잖아.

경상도 남자

경상도 남자는
내 아를 낳아도~
아는?
밥도.
자자!
라는 말처럼 지극히 말도 짧고 표현도 인색한
그런 사람인 줄만 알았어요.
그런데 이 남자 자기 가슴이 사랑 때문에 뜨거워서
손을 못 대겠다며 닭살 멘트를 아무렇지도 않게 날리는
그런 사람이네요.

학교를 졸업하고 처음 인턴으로 들어와
정직원이 되기까지 참 많은 것들이 서툴러 보였는데
지금은 제 옆을 지켜 주는 멋진 남자 친구가 되었어요.

무뚝뚝한 말투에 까무잡잡한 피부에다
간간히 알아들을 수 없는 사투리를 쓸 때면
그냥 '귀엽다' 라고만 생각했는데,
회식 날 집으로 데려다 주겠다며

자신의 꿈을 이야기하고 그 속에 저도 들어 있다는 말을
참 편안하게 내뱉던 남자.

말보다는 행동으로 보여 주겠다며
자기가 비록 입사는 늦었지만
더 멋진 남자가 되리라 약속을 하더군요.

내 미소가 따뜻한 봄같이 느껴진다는
이 닭살스러운 경상도 남자.

그의 말처럼 아직은
그가 나를 좋아하는 것만큼
그를 바라보고 있진 않지만
그의 표현에 점점 익숙해지고 있어요.

언젠가
이 닭살스러운 남자를 사랑하게 된다면,
나도 그렇게 변해 갈까요?
왠지 부끄럽지만 기분 좋은 상상을 해봐요.

저는 제가 사투리를 쓰고 있다는 생각을
가져 본 적이 없어요.
어릴 적부터 취업하기 전까지 고향을 떠나 본 적이 없으니
제 말투가 웃기게 들린다는 생각을
해본 적이 없었죠.

지금 다니고 있는 회사에 들어와서 사람들과 이야기를 해보니
제가 알고 있는 말이 표준어가 아닌 경우가 많더라고요.
당연하듯 살면서 써 왔던 말들이 그들에겐 이상하게 들렸나 봐요.

유난히 웃는 모습이 예쁘던 선배는
제가 무슨 말만 하면 재미있다며 환하게 웃었어요.
그 모습이 좋아서 그녀를 바라보다가
제가 펼치고 싶은 미래를 이야기한 적이 있죠.

그러다 저도 모르게 고백을 해버렸는데,
무슨 고백이 그러냐며 한참을 웃더니
일단 조심스럽게 만나 보자는 대답을 들었어요.
제 기분이요? 마치 하늘을 나는 것 같았죠.

그녀가 좋아하는 말투를 고치는 연습은
따로 하지 않았어요.
다른 건 더 열심히 했지만,
제가 말을 많이 할수록
그녀는 더 많이 웃더라고요.

TV에서 나왔던 유행어를
실제로 그렇게 쓰냐고 하기에
그 정도는 아니라고
그냥 웃기 위해 그런 거라며
똑같이 따라해 보면
저보고 개그맨 해도 되겠대요.

내 가슴을 뜨겁게 만들어 준
그녀에게
경상도식 프러포즈를 해볼까요?

내 아를 낳아도?
라고……

인턴

아르바이트라곤 커피숍에서 해본 게 전부였어요.
손님이 있을 때는 주문받고
손님이 없을 땐 청소를 했었어요.
뭔가 아무것도 하지 않고 가만히 앉아 있는 게
괜히 죄송했거든요.
사장님은 손님이 없을 때면
커피 한 잔 하라며 건네주시곤 했어요.

그러다 졸업을 앞두고 한 회사에 인턴으로 들어갔어요.
첫 출근을 하던 날, 여러 선배들에게 인사를 하고
제 책상에 처음 앉아 봤어요.
정말 사회인이 된 것 같고
어른이 된 것 같아서 모든 게 신기했어요.
이제 지긋지긋한 공부와도 끝이라고 생각했죠.

그런데 왜 이렇게 배울 게 많나요?
경제 동향을 분석하라는데 어떻게 해야 하는지
업무 메뉴얼도 따로 기록을 하라고 하는데
학교 다닐 때 배운 게 없는 거예요.

그 흔한 엑셀도 이렇게 많은 기능이
있는지 처음 알았어요.
마치 게임을 하듯 자유롭게 일하는
선배들을 보니
괜히 주눅이 들어요.

하루 종일 모니터만 보고 있는데,
도대체 쉬는 시간은 언제일까요?
물을 많이 마신 탓인지
화장실도 가고 싶어요.

학교 다닐 때가 제일 좋다던
엄마 목소리가 들리는 것 같아요.

선배, 여기서 그래프 수정은 어떻게 해요?
선배, 업무 매뉴얼은 한글로 만들어요?
아니면 워드로 작성해야 돼요?
선배, PPT에서 동영상 재생은 어떻게 하는 거예요?
선배, 쉬는 시간은 언제예요?
학교처럼 50분 동안 일하고 10분 동안 쉬는 건가요?

아직 학생 티를 벗지 못한 새로 들어온 인턴은
같은 학교 선배라는 이유로 틈만 나면 제자리로 찾아옵니다.
선배라고는 해도 8년이나 먼저 졸업한 내가 어려울 법도 한데,
모이를 달라며 어미 새에게 입 벌리는 새끼 새처럼
무슨 궁금한 게 그렇게 많은지 쪼르르 달려옵니다.

집에서 귀하게만 자랐는지
사회생활이 어떤지 잘 모르는 그녀는
수업시간처럼 일하는 시간도 그런 줄 알았나 봅니다.
화장실이 너무 가고 싶다면서
도대체 쉬는 시간이 언제인지 물어보며
눈물까지 글썽이는데 웃음만 나왔습니다.

내가 입사를 했을 때도 쉬는 시간이 언제인지 궁금했던가?
너무 오래전 일이라 기억도 나질 않는
그 시간을 생각하며, 괜히 웃음만 납니다.
그런 그녀가
자꾸만 신경 쓰입니다.

출근길

두근두근
사람들에게 밀려 그가 내게 다가오자
가슴이 많이 놀랐나 봐요.
놀란 토끼 눈이 되어 그를 바라봤죠.

매일 아침 지하철에서 그를 보는 즐거움에
아침이 힘든 줄을 모르게 된 지가 꽤 된 것 같아요.
지하철을 타면 스마트폰만 바라보는 사람들과 달리
그는 항상 한 권의 책을 읽고 있거든요.
한번은 책을 읽으면서 그 많은 사람들 사이에 있음을
잊은 건지 눈물까지 흘리더라고요.
그가 과연 어떤 책을 읽으며
눈물까지 흘리게 된 것일까 궁금한 마음에
그가 읽는 책을 유심히 살피다가
그가 읽는 책들을 저도 읽기 시작했어요.
신경 쓰이는 사람이 있다 보니 자연스레 아침이 바빠졌어요.
조금 더 일찍 일어나게 되고, 화장을 하는 것도 머리를 말리는 것도,
옷을 입어도 거울을 한 번 더 보게 되더라고요.
회사 사람들은 요즘 연애 하냐며 부쩍 예뻐졌다고 하네요.

어제 친한 언니가 시집간다고 회사를 그만둬서 송별회를 한다고
너무 많이 마신 탓인지 속이 불편해서
커피를 한 잔 들고 지하철을 탄 게 화근이었어요.
왜 하필 오늘 말이에요.

그와 얼굴이 가까워짐에 놀라
그만 손에 힘이 풀렸나 봐요.
하필 출근하는 그의 가슴에 조금이지만 커피를 쏟아 버렸지 뭐예요.
거듭 죄송하다며 사과하고 세탁비 드리겠다고 했지만,
출근하는 길에 누가 내게 그랬다면
엄청 화가 났을 거예요.

사람이 많아서 밀려서 그런 거니까 신경 쓰지 말라는데
그래서 더 신경이 쓰여요.
그는 크게 많이 젖지 않았으니 재킷으로 가리고
하루를 보내면 된다며 정 미안하거든 밥 한번 사달라네요.

두근두근
오늘 커피를 들고 오길 잘한 것 같아요.

책을 읽다가
지하철이 들어온다는 소리에
고개를 들었더니
바로 앞에 하얀색 원피스를 입은
그녀가 서 있었어요.

지하철이 일으키는 바람에
약간 젖어 있는 그녀의 머리도,
원피스도, 하늘하늘 춤을 추더군요.
그 많은 사람 중에 유독 그녀만 보였어요.
그 뒤로 지하철을 타게 되면
그녀가 있지는 않을까 찾아보게 됐어요.

그렇게 많은 사람 중에 한 사람을 기억하고
그를 바라보는 일이 얼마나 신기한 일이에요.
출근하는 길에 그녀를 찾는 일이
이제는 하나의 즐거움이 되었어요.
그녀가 보일 때까지
지하철을 기다리고

그녀가 타는 칸에 뒤쫓아 타면서
그렇게 바라보는 것만으로도
기분이 좋은 하루 하루였어요.

오늘은 그녀가 바쁜 걸음으로
커피를 한 잔 들고 오네요.
아침을 안 먹고 그냥 출근하는 길인가?
아무 상관없는 사람이지만
괜히 마음이 쓰였어요.

환승역에서 많은 사람들이 몰리면서
누가 먼저랄 것도 없이 서로에게 가까워졌어요.
그렇게 가까이서 그녀를 본 건
처음이었는데 왜 문득 그녀에게
키스를 하고 싶다는 생각이 들었을까요?
나 아무래도 변태인가 봐요.

사람들에게 밀려 발을 헛딛었는지
그녀가 들고 있던 커피가

제 셔츠에 조금 튀었어요.
많이 묻은 것도 아닌데
보는 내가 민망 할 정도로
사과를 하더군요.

출근길에 그런 일을 겪었다면
누구나 기분 나쁠 상황이지만
그녀여서 오히려 유쾌했어요.

어쩌면 바라만 보던 그녀에게
다가갈 기회인 것 같아
밥을 사달라며 데이트
신청을 했어요.

셔츠에 묻은 커피 자국이
왠지 하트로 보이는 건
기분 탓일까요?

소개팅

남중 남고를 나와 공대에 진학하면서
어쩌다 보니 서른까지
모태 솔로로 지내게 되었습니다.
저보다는 조금 더 이른 연애를 겪은 후배가
괜찮은 사람이 있다며
소개팅을 해보라고 하더군요.

소개팅 전날부터 미용실에 가서 머리를 하고
백화점 가서 조금은 더 젊어 보이는 옷으로 골라
최대한 좋은 인상을 남기기 위해 많은 준비를 했습니다.
이미 여자 친구가 있는 친구들에게 물어
데이트 장소로 어디가 좋은지,
여자들은 어떤 음식을 좋아하는지,
많은 것들을 준비해 두었죠.
소개팅을 하는 아침에는 면도를 하다
베여서 턱에 상처가 생기고
버스를 놓쳐서 그만 지각을 하고 말았네요.
첫 만남부터 이렇게 실수투성이니
왠지 안 될 것 같다는

생각이 가득한데
약속 장소에 도착해 상대에게
전화를 걸었더니
멀리서 그녀가 보입니다.
웬 남자와 같이 있는데,
길을 묻는 사람인가 봅니다.
그 사람에게 넙죽 인사를 하더니
활짝 웃으며 제게 다가와
인사를 하더군요.

그리 멋진 외모도 아니고 말주변도 없는 사람인데
이 사람은 뭐가 그리 좋은지 연신 싱글벙글 합니다.
제가 마음에 든 걸까요?
목이 타서 자꾸 음료수만 마시고 있지만
유리창에 비친 그녀의 모습이 참 눈부십니다.
왠지 좋은 일이 일어날 것만 같습니다.

친한 언니의 부탁으로 소개팅을 하게 됐어요.

한 번도 여자 친구를 사귀지 못한 모태 솔로라는 이야기를 듣고

왠지 폭탄일 거라는 생각을 미리 했던 것 같아요.

생각보다 조금 일찍 약속 장소에 도착해 주변을 둘러봤더니

한 남자가 눈에 띄는 거예요.

잘생긴 외모는 커녕 동네 아저씨 같이 생기신 분이셨어요.

설마 아니겠지?

저분은 아니었으면 좋겠다는 생각으로 전화를 걸었는데

맙소사.

왜 항상 나쁜 예감은 틀린 적이 없을까요?

벨이 울리자마자 받길래 얼른 끊었는데

하필 그때 그분과 눈이 마주친 거예요.

어색하게 인사를 나누며 속으로 잔뜩 언니를 원망하고 있는데,

전화가 걸려 왔어요.

발신 번호를 보니 소개팅남의 이름이더라고요.

남자에게 혹시 통화 버튼이 눌러진 게 아니냐고 물었더니

자기는 아니라네요.

이상한 생각이 들어 일단 받아 봤더니

이제야 도착했다며, 어디 있냐고 물어오더군요.
얼결에 있는 자리를 말씀드렸더니
멀리서 어떤 남자분이 손을 흔드는 거예요.
그제야 제가 착각했다는 사실을 알고
앞에 계신 분에게 죄송하다고 인사하고는
소개팅 남에게 달려갔어요.
그다지 잘생긴 얼굴은 아니지만 처음 봤었던 분 때문인지
그다지 나쁜 인상도 아닌 것 같고
순수해 보이는 웃음이 참 귀여운 것 같아요.
아까 겪었던 일 때문에 자꾸 웃음이 나는 게,
오늘은 참 재미있는 날 같아요.

만나야 할 운명

나도 신기하긴 해.
하지만 그렇다고 우리가 언젠가 만나야 할 운명이라니
그건 좀 그렇지 않아?
여자 친구보다 내가 먼저 나를 발견했어.
그래.
여자 친구가 셀카를 찍을 때,
버스에서 셀카를 찍는 여자가 신기해서
그녀를 바라보고 있었거든.
왠지 장난기가 발동해서
살짝 내 얼굴이 더 잘 보이도록
움직인 건 사실이야.

흔들리는 버스 안에서
손잡이에 의지한 채 열심히 셀카를 찍는
그녀를 보면서
여자들은 참 신기하다 생각했어.

그때 그 여자가
지금 내 여자 친구가 되어 있다니, 참 신기하지.

그런데 그렇게 많은 사람들 가운데
스치듯 지나친 인연이 어찌 우리뿐이었을까?
그날도 그래.
내가 조금이라도 내 얼굴이 나오게
얼굴을 움직이지 않았다면,
여자 친구는 영원히 몰랐을 거야.
당연히 나도 몰랐을 거고…….

소개팅을 하고 서로 호감이 있어
몇 번 만나고 사랑하는 사이가 되고
그렇게 시간이 흘러 6개월이 흐른 후
여자 친구의 사진을 보고 싶어
잠시 폰을 만지작거리다가
사진 속에 내가 있다고 했더니
얼마나 놀란 표정을 하는지…….
너도 봤으면 엄청 웃었을 거야.
안 그래도 큰 눈이 왕방울만 해져서는!
그래,
나도 우리가 그렇게 운명이면 좋겠다.

그래, 정말이라니까?
정말 신기하지 않니?
폰을 바꾸고 한참 셀카를 찍는 재미에
여기저기서 틈만 나면
사진을 찍었었잖아.

버스에서 내가 왜 그렇게
셀카를 찍어 댔는지 기억은 안 나는데,
아마도 햇살이 좋은 날이지 않았을까?
그래서 얼굴이 조금 더 하얗게 나오니까
혼자 열심히 셀카 놀이를 했겠지.

그런데 남자 친구가 내 옛날 사진을 보더니
거기 자기가 있다면서 깜짝 놀라는 거야.
나도 처음엔 몰랐어.
응.
누가 그렇게 세심하게 보겠니?
그러면서 진짜진짜 신기하다며 한참을 바라봤어.

그러게.
왜 내 셀카에 자기 얼굴이 다 보이게
그렇게 얼굴을 들이밀었는지 몰라?
예쁜 건 알아가지고!
모르지, 뭐.
아마 그때 남자 친구가 조금만 더 용기가 있었더라면
내게 전화번호를 달라고 했을지도?

응?
당연히 안 줬겠지.
내가 그렇게 쉬운 여자는 아니잖아?
하지만 기분은 좋았을 거야.
그래, 엄청 신기하지?
정말 영화 같지 않니?

우린 정말 운명인가 봐.
만나야 할 사람은
언제고 한번은 꼭 만난다더니
우린 이뤄질 수밖에 없는 커플인가 봐.

세상에 이런 커플이 어디 있겠니?

그래.

자세한 건 만나서 이야기하자.

사진 보여 줄게.

근데 오빠처럼은 안 보여.

아마 그때 연락처 달라고 했다면

아마 우린 못 만났을 거야.

그래, 거기서 보자.

응,

이따 봐.

그런 기적은 다시 일어나지 않는다

버스에 오르자마자 그녀가 보였어요.
제일 뒷좌석 창가에 앉아 있는 그녀를 보고
성큼성큼 그 자리로 다가가, 비어 있는 가운데 자리에 앉았답니다.
많은 자리가 있었지만 유독 눈에 띄는 그녀 옆자리에 앉고 싶었어요.
버스를 타다 보면 보통은 동성 옆에 앉거든요.
같은 자리가 비어 있을 때
왠지 민망해서 같은 남자가 앉은 자리를 선택하는 편인데,
오늘은 용기를 내어 보았답니다.

한눈에 봐도 착해 보이는 인상에 긴 머리를 한 모습이 왠지 기분
좋은 첫인상이었거든요. 버스를 타고 가는 내내 이어폰을 귀에
꽂은 채 음악을 들으며 폰으로 게임을 했지만
사실 마음은 바로 옆에 앉은 그녀에게 가 있었어요.
몇 정거장을 지나자 사람들이 하나둘 버스에 오르고
비어 있는 뒷좌석에도 사람들이 앉기 시작했어요.
다행히 한 아주머니가 비어 있는 자리를 놓치지 않고 들어와
그녀의 옆에 더 바짝 다가갈 수 있었죠.
그런데 혹시 그런 내 마음이 들킬까, 낯선 남자의
그런 다가감이 싫을까 싶어 최대한 몸이 붙지 않도록 노력했었죠.

지갑에 있는 명함을 보며 연락처를 가르쳐 달라고 할까?
에이, 처음 보는 사람이 그렇게 다가가면 퇴짜 맞을 게 뻔해.
이런저런 생각이 머릿속을 오고갈 즈음에
벌써 내려야 하는 시간이 왔더라고요.

몇 번을 망설이다가 결국 말도 걸어 보지 못하고
결국 버스에서 내렸는데, 맙소사! 그녀도 덩달아 내리는 거예요.
다시 다가가 말을 걸어 보려 했지만
그녀는 바로 편의점으로 들어가더군요.

따라 들어갈까? 기다릴까? 하는 생각이 잠시 들었지만
그냥 발길을 돌려 집으로 향했어요.
신호를 기다리고 신호등을 건너고
그래도 아쉬움이 남아 길 건너 그 편의점을 바라보니
그녀가 걸어가고 있더군요.
혹시나 신호등을 건너서 다시 오지는 않을까?
바랐지만 쓸데없는 기대였어요.
다음에 꼭 버스에서 그녀를 만나면 반드시 말을 걸어 볼 생각이에요.
반드시!

평소와 다름없이 퇴근하고 버스를 타고 집으로 가는 길이었어요.
회색 정장을 말쑥하게 차려입은 남자가 성큼성큼 걸어오더니
많은 자리를 놔두고 제 옆자리에 앉는 거예요.
많은 사람을 만날 수 있는 곳이 버스라지만,
빈자리가 많은데도 제 옆자리에 앉는 게 신경이 쓰였어요.
그냥 뒷좌석을 좋아하는 사람일까?
라고 생각하며 대수롭지 않게 넘어가려 했는데
왠지 자꾸 저를 쳐다보는 시선이 느껴지는 거예요.

창밖을 바라보다 저를 쳐다보는 시선이 느껴져
폰으로 음악을 검색하는 척 곁눈질로 그를 쳐다봤죠.
살짝 저를 보는 것 같더니
아예 창밖을 보는 것처럼 하고선
계속해서 저를 쳐다보는 거예요.
거울을 볼 수도 없고
차창에 비친 제 모습만 괜히 바라봤죠.
머리도 한 번 더 손빗으로 정리를 해보고
얼굴에 뭐가 묻지는 않았는지 한 번 더 보기도 하고,
퇴근하느라 신경도 못 쓴 화장이 혹시

다 지워지지는 않았는지
계속 신경이 쓰이더군요.
몇 번을 망설이는 것 같더니
버스에서 내리려고 먼저 일어나는 거예요.
왜 그랬을까요?
전 한 정거장이 더 남았는데,
그만 그를 따라서 내리고 말았어요.

그가 말이라도 걸어 주길 바란 걸까요?
버스에서 내려 그와 눈이 딱 마주쳤어요.
놀란 가슴에 바로 앞에 있는 편의점에 들어갔죠.
딱히 살 것도 없으면서 괜스레 이리저리 기웃거리다가
혹여 편의점을 나왔을 때 그가 기다리고 있을 것 같아
편의점을 한 바퀴 둘러만 보고는 그냥 나왔어요.

편의점을 나와 보니 그는 신호등에 서 있더라고요.
엉뚱한 상상 덕분에 한 정거장은 걸어가야겠네요.
그래도 다행히 밤바람이 선선해
운동한다고 생각해야겠어요.

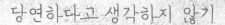

당연하다고 생각하지 않기

밥 먹었냐는 작은 인사를
피곤하다는 말에 걱정하는 안부를
오늘도 좋은 하루 보내라는 목소리를
보고 싶다는 그리움을
보고 싶을 때 언제든 만날 수 있는 적당한 거리를
잘 자라는 고마운 마음을
내 생각이 났다며 건네는 작은 선물을
내가 좋아하는 음식을 같이 먹자는 배려를
더 많이 사랑해 달라는 투정을

전화기가 뜨거울 때까지 통화하는
그 시간을
잡고 있는 손의 따뜻함을
내게 보여 주는 한없이
자애로운 미소를
사랑하는 지금 이 순간을
우리라고 부를 수 있는 그 시작을
함께하는 모든 것들을
당연하다고 생각하지 않기.

꽃

그녀는 꽃을 선물할 때면 쓸데없는 선물이라 그럽니다.
빨리 시들어 버리는 게 아깝다며 꽃 선물은 하지 말라고 합니다.
그렇지만 사랑하는 사람에게 꽃 한 다발 안겨 주고픈
내 마음을, 그녀는 모르나 봅니다.
많은 연인들이 꽃을 안고
그녀가 혹은 그가 서로에게 꽃을 선물하고 걸어가는 모습이
얼마나 아름다운지, 그녀는 알지 못하나 봅니다.
알지 못하는 것이 아니라 알고 있으면서도 단지 아까운 건지······.
알 수가 없습니다.

꽃이 일찍 시든다는 것은 누구보다 잘 알고 있습니다.
꽃을 오래 보관하려면 적정량의 사이다를
물과 함께 섞어 보관해야 한다는 것도 알고 있습니다.
진정 꽃을 사랑하는 사람은 꽃의 허리를 꺾지 않는다 했던가요?
제가 사랑하는 것은 꽃이 아니라 꽃을 들고 환하게
웃는 그녀의 미소입니다.

제가 꽃을 들고 환하게 웃으며 지나가는 다른 연인들을 보며
'참 예쁘다'라고 느끼는 것만큼

다른 사람들이 우리를 보며 '참 예쁘다' 라며
바라보았으면 합니다.

그녀를 닮은 백합이든
꽃의 여왕인 장미 다발이든
하얗기만 한 순백의 안개꽃 다발이든
어느 하나라도 그녀의 손에서
그녀의 품에서 환하게 웃어 주기를 바랍니다.
꽃보다 환한 미소를 가진 그녀와
그녀의 품에 있는 꽃의 미소를 함께 바라보는 것이
제겐 정말 큰 기쁨입니다.

그 사람은 유독 꽃을 선물하기를 좋아합니다.
언젠가 어떤 아가씨가 커다란 꽃다발을 들고 가기에

"저런 걸 왜 선물하는지 몰라? 금방 시들기나 하고……"
라며 혼잣말을 내뱉자 마치 자기가 선물이나 한 듯이
"왜? 예쁘잖아. 난 꽃을 든 여자는 사랑받는 것 같아서 예뻐 보이고
꽃을 든 남자는 사랑할 줄 아는 것 같아서 멋있더라."
그러는 겁니다.

그는 여자인 저보다 꽃을 더 좋아합니다.
제가 꽃을 들고 있는 게 그렇게 예쁘다나요?
사실 저도 꽃을 좋아하는 편입니다.
언젠가 그가 말했던 세상에 꽃 싫어하는 여자는 없다는 말처럼
저도 꽃을 참 많이 좋아합니다.
하지만 다른 선물과는 달리
그의 손에서 내게 건네지는 꽃다발은 참 많이 민망합니다.
그가 힘들게 일해서 선물한 꽃인데 빨리 시들어 버리는 게
무엇보다 속상하기도 하고요.

그
여
자

그가 선물한 꽃을 조심스레 말리느라
책상 어디에도 벽 어디에도 빈자리가 없습니다.
오죽하면 동생이 엄마에게 우리 집은
꽃집을 해도 되겠다며 웃었을까요?

오늘은 여자인 저보다 꽃을 더 좋아하는 그에게
제가 먼저 꽃을 선물해 봐야겠습니다.

"어디서 그러던데, 남자도 꽃 받는 거 좋아한다며?"
라고 너스레를 떨면서 말이죠.

새벽 두 시

평소 화를 잘 내지 않는 성격이지만
배가 고프면 화가 나더라고요.
우스갯소리로 들리겠지만,
배고프면 힘도 없고 일상생활도 지치고
그래서 화가 났어요.
그런데 그런 배고픔보다 저는 아침잠을 더 좋아해요.
어머니께서 늘 아침은 먹어야 한다며
깨우실 때면, 밥보다 자는 게
더 좋다고 투덜거렸죠.

매일 늦게 잠들면서
아침에 일찍 깨우는 어머니가 못마땅했어요.
일찍 잠들면 될 것을
괜한 어머니 탓만 했죠.
늦게 친구도 만나야 하고 재미있는 TV는
늘 밤에 하잖아요.

그렇게 밥보다 잠을 좋아하는 제가
새벽 두 시가 넘도록 전화기를 붙들고 있네요.

세상에 밥보다 잠보다
더 좋은 게 생겼어요.
그녀와 함께하는 지금이
제겐 어떤 시간보다
소중한 시간이 된 거죠.

내일 일찍 출근해야 하는데
전화를 끊고 싶지가 않아요.
큰일이에요.
이렇게 그녀가 좋아서…….

군대 간 남동생의 생일 선물을 만드느라
며칠 늦게 잠이 들었어요.
갑자기 바뀐 생활 습관 탓인지
늦은 시간인데 쉽게 잠이 들지 않네요.

그에게 배고프다고 했더니 전화가 왔어요.
뭐라도 사 오겠다는 거예요.
이 시간에 뭘 먹으면 다음날 부을 텐데…….
안 돼요.
더구나 지금은 화장을 지워서 나갈 수도 없어요.

안 된다고 거절했더니, 글쎄 삐치는 거 있죠?
이 사람, 벌써 제 남자 친구라도 된 것처럼 행동해요.
싫은 건 아니지만 아직 저는 그 사람에 대해 잘 모르거든요.

요 며칠 두 시 무렵에 잠이 들어
아직 잠이 안 온다고 했더니, 자기가 같이 놀아 주겠대요.
아직 남자 친구가 아니니 밤새워 통화할 수는 없고
제가 잠들 때까진 자기가 같이 놀아 주겠다고 하네요.

아직?
이 사람, 정말 제 남자 친구가 되고 싶은가 봐요.

적극적인 이 사람의 모습이 낯설기는 하지만,
싫지 않은 느낌이에요.
그런 제 마음을 아는지 자기를 어떻게
생각하느냐고 물어오네요.
나쁘지 않은 것 같다고 대답하려 했는데
그런 뻔한 대답은 하지 말라며 미리 말해 버려요.

무슨 이야기가 그렇게 많은지
참 오랜 시간 이야기를 나눴어요.
정확히 새벽 두 시가 되니까
잠이 오지 않으냐며 물어오네요.

이건 비밀이지만, 사실은 벌써 졸고 있었어요.
오늘은 덕분에 푹 잘 수 있을 것 같아요.

여행

세상에, 어쩜 이럴 수가 있어요?
산에 오르고 20분쯤 지나니 고산증 때문에
너무 힘들어 움직일 수가 없었어요.
하는 수 없이 호텔로 돌아가 쉬고 싶다고 했더니
택시에 저를 태워 주고는 혼자
정상을 다녀온 거 있죠?
그것도 네 시간이나!

저는 그 시간에 호텔에 앉아서
혹시나 해서 가져온 책을 한 권 다 읽었어요.
어떻게 여자 친구가 아프다는데
혼자 그렇게 다닐 생각을 할까요?
처음에는 그렇게 잘해 주더니
역시 남자란 믿을 게 못 돼요.

그것만이 아니에요.
다음날 스케줄인 자전거 코스는
분명 30분 정도 거리였는데,
아무리 시간이 흘러도 도착할 생각을 안 하는 거예요.

평소 그렇게 길을 잘 찾던 사람인데
왜 그럴까 했더니,
처음 계획과는 다른 길로 왔더라고요.

너무 많은 시간 동안 자전거를 타서
힘들어 죽는 줄 알았어요.
집으로 돌아와 카메라에 찍힌 사진을 보다가
오늘 아침 일출을 찍은 듯한 사진이 있는 걸 봤어요.
세상에 이 남자,
내가 잠들어 있는 사이에 혼자 일출을 봤네요.
왜 이렇게 이기적인 거예요. 사람이?
그런 건 깨워서 같이 봐야 되는 거 아닌가요?

그렇게 같이 떠나고 싶었던 여행인데
정말 최악이었어요.
특히 아픈 나를 두고 산에 올라간 건
한 20년은 두고두고 괴롭힐 거예요.
두고 봐요.

평소 건강하기만 하던 그녀가
산에 오르고 얼마 안 있어 고산증으로 많이 힘들어 했어요.
다시 산 밑으로 내려와 택시를 잡아 그녀를 태우면서도
함께 호텔에 가야 하는 게 맞다고 생각했어요.
하지만 어렵게 시간을 만들어 같이 온 여행이어서
그렇게 멋지다는 풍경을 그녀가 보지 못하는 게 안타까웠어요.
그녀도 많이 아쉬웠는지 제게 혼자 올라가서
사진 많이 찍어오라고 하더군요.

정말 발이 부르트도록 다녔어요.
그녀와 함께 보고 싶었던 풍경들을
혹시나 놓칠까 봐
조금이라도 예쁜 풍경이 있으면
아파서 쉬고 있을 그녀에게 전해 주기 위해
정말 열심히 다녔어요.

그 멋진 장관을 카메라에 가득 담았더니
시간이 너무 흘러 그녀가 기다릴까 봐
뛰어서 내려왔어요.

호텔 앞에서는 헐떡이며 뛰어 내려온 나를 보면
미련하다고 구박할까 봐 잠시 숨을 고르고 들어갔네요.
그런데, 그녀가 많이 화가 났어요.

내가 너무 늦게 와서 그런 건가?
도무지 말을 해주지 않네요.

그렇게 하루를 보내고 다음 날을 위해
일찍 잠자리에 들었어요.
덕분에 일찍 눈이 떠져 일출까지 볼 수 있었네요.
같이 일출을 보기 위해 선택한 숙소인데
고르길 잘했다는 생각이 들었어요.
그녀를 깨워 봤지만 피곤했는지 일어나지 않아
서둘러 카메라를 챙겼어요.
그녀가 일어나면 이렇게 예쁜 해가 떠올랐다며
보여 주고 싶었거든요.

다음날 여행은 자전거 여행이었어요.
우리가 처음 가려고 했던 길은

현재 공사 중이어서 트럭들이 많이 다닌다고 하더군요.
먼지도 많고 위험하기도 할 것 같아
조금 돌아가지만 숨은 명소라는 길을 찾아
그녀를 데려갔어요.
시간이 많이 걸리긴 했지만
행복해하며 웃는 그녀 모습을 보니
참 기분이 좋았어요.

참 행복한 여행이었는데
돌아와서는 그녀는 많이 화가 나 있어요.
첫날, 산에서 늦게 내려온 것 때문에 그러는 건지,
도통 알 수가 없네요.

제가 뭘 잘못했을까요?

나쁜 선생 1

약속 시간보다 조금 늦게 도착했어요.
약속한 커피숍에 도착해서 그에게 전화를 하려다 그를 발견했어요.
많은 사람들 사이에서 누군가를 기다리는 듯한 모습으로 앉아 있네요.
아직 아무것도 시키진 않았어요.
제가 다가가 '혹시' 라며 말을 걸자, 자리에서 일어나 저를 반기네요.
그런데 저도 큰 키가 아닌데 잠시 본 그의 키는 많이 작은 편이었어요.

편집 디자인을 배우고 싶어서
자주 가는 카페에 개인 과외를 구한다는 글을 올리고는 그를 만났어요.
학원에서 디자인 강사를 했었다며 쪽지를 보내 왔기에
연락처를 주고받았죠.

마땅한 장소가 없어 커피숍을 선택했는데
앉은 자리에서는 말소리가 들리지 않아 다른 장소로 이동했어요.
그곳에서 첫 수업을 했는데 생각보다 많이 어려웠어요.
그가 무슨 말을 하는지 도무지 이해되지 않아,
괜히 배운다고 했나? 라는 후회도 밀려왔어요.
하지만 무척이나 열심히 가르쳐 주는 그를 보며
조금이라도 더 집중을 해야겠다고 다짐했죠.

그는 두 시간 정도를 열심히 설명하면서도
제가 동영상으로 저장해서 다시 공부하고 싶다고 하자
간략하게 다시 한 번 더 설명을 해줬어요.

들고 온 노트북이 무거워 보였는지
그는 자기가 들겠다며 제 가방을 가져갔어요.
핑크색 가방을 든 그를 보며 혼자 살며시 웃어 보았네요.
그는 시간이 늦었으니 함께 저녁을 먹자며
근처 인테리어가 독특한 식당이 있다며 안내했어요.

분위기는 좋았지만, 정말 음식은맛이 없었네요.
음식을 먹는 동안 이런저런 이야기를 나누다
'생각보다 참 좋은 사람이구나' 라고 생각했어요.
수업만 듣고 일어날 생각이었는데, 맥주 한 잔 하자는
그의 이야기에 망설이다가 맥주도 한 잔 했어요.

배우기 위한 선택이었는데 어쩌면 좋은 사람을
만난 것 같아 더 기분 좋은 시간이었어요.
왠지 같이 있으면 행복해지는 사람이에요.

흔히 재능 기부라고 하죠?

가지고 있는 것을 나누는 일이 저는 참 좋더라고요.

지금은 손을 놓은 지 오래됐지만

단지 디자인이 좋아 한동안 그쪽 일을 했었어요.

자주 가는 카페에서 어떤 분이 디자인을 배우고 싶다기에

저는 어떠냐고 쪽지를 보냈었죠.

그렇게 그녀를 만났어요.

자신의 이름과 전화번호를 남겨 주었는데, 이름이 참 예쁘더라고요.

시연.

색의 시작이라는 뜻이라네요.

어떤 모습일까? 제발 폭탄은 아니기를 바랐어요.

물론 사심을 품은 건 아니었지만 이왕 가르쳐 주는 거

조금이라도 즐거운 마음으로 하고 싶었거든요.

과외비가 얼마냐고 하기에 그런 건 크게 신경 쓰지 않는다고 했어요.

돈을 벌려고 가르쳐 주겠다고 한 게 아니었으니까요.

단지 제가 조금 더 잘하는 일을 나누고 싶을 뿐이었어요.

생각보다 차가 막힌다며 조금 늦을 것 같다는 문자가 왔어요.
수업을 하기에 좋은 자리를 잡느라 조금 일찍 도착을 했었거든요.
기다리는 동안 폰을 만지작거리는데,
누군가가 다가오는 느낌이었어요.
고개를 들어 보니 단아하게 생긴 분이 서 있었어요.
기대도 안 했는데 눈에 띄는 미모를 가진 분이더군요.
그때 저는 웃었을까요?
혹시 제 속마음이 그렇게 나타나진 않았을까 걱정이네요.

그 후로 수업을 하는데 왜 그렇게
열심히 가르치려 했는지 모르겠어요.
오랜만의 수업이었기 때문일까요?
아니면, 옆에 앉은 그녀로 인한 긴장감 때문일까요?
제가 디자인을 했었다는 사실에 감사했어요.
작은 모니터를 보며 그녀의 옆에서
수업을 한다는 사실이 참 기분 좋았거든요.

수업을 마치고 같이 식사를 하자고 요청했어요.
평소 가 보고 싶은 식당이 있었는데, 혼자 가기에는

조금 낯선 곳이었거든요.
원래는 수업료를 받는 대신 밥은 사라고 할 생각이었는데
제가 계산을 해버렸어요. 왠지 그래야 할 것 같았거든요.
그리고 음식도 맛이 없었어요.
괜히 데려왔나?
후회가 되더군요.

늦은 시간까지 수업을 하느라 밤길에 그녀를 보내야 했어요.
바래다준다고 하면 거절할 것 같아
그녀가 사는 동네의 술집에서 술 한 잔 하고 싶다고
한 잔 마실 거냐고 물어봤어요.
술을 평소 못 마신다고 하던데,
집 앞이라 그런지 같이 마셔 준다고 하네요.

이야기를 나눠 보니 참 사랑스러운 사람이었어요.
집으로 돌아가는 택시 안에선 자꾸 웃음만 나네요.
벌써부터 다음 주 수업이 기다려져요.
큰일이에요. 사심을 품은 선생이라니.
저는 나쁜 선생인 것 같아요.

나쁜 선생 2

그녀는 음악을 하는 사람이에요.
저는 글을 적는 걸 좋아하는 사람이고요.
다른 듯 닮은 모습이 많더라고요.

저는 정적이면서 동적인 사람이에요.
운동을 좋아하지만 혼자 조용히 음악 듣는 것도 좋아하고요.
사람 사귀는 것을 좋아해 시끄러운 곳도 좋아하지만
혼자 책을 읽는 것도 좋아하는 편이거든요.

저는 피아노 연주를 잘하는 사람을 좋아하고
요리를 잘하는 사람을 좋아해요.
더구나 말을 예쁘게 하고 현명한 사람이면 더없이 좋겠죠.
그녀는 요리를 제외하고는 가지고 있는 모든 것이
제 이상형이에요. 요리는 연습 중이라고 하는데,
언제고 요리까지 잘하게 된다면 그녀에게 그렇게 말하려고요.
늘 자신이 꿈꿔 오던 이상형을 만나게 됐다고 말이에요.
그런 이야기를 들으면 그녀는 어떤 반응을 보일까요?

그녀와 수업을 하면서 재미있는 사실을 발견했어요.

저는 평소 신발을 자주 벗는 편이에요.
사무실에 앉아서도 업무를 볼 때면 구두를 벗고
슬리퍼를 신고 발을 편하게 해주려 노력하는 편이거든요.
그런데 맞은편에 앉아서 자꾸만 제 발을 건드리는
그녀의 다리를 보니
그녀 역시 신발을 벗고 있더라고요.
여자 분들의 그런 모습을 본 적이 없어서 조금 신선했어요.
사소한 습관이 닮았을 뿐인데 괜히 기분이 좋더라고요.

그녀가 글 잘 쓰는 사람을 좋아한다는 이야기에
사소한 재주인 글 쓰는 취미가 그렇게
고마울 수가 없었어요.
그녀보다 잘하는 무언가가 있어서
다행이라는 생각이 들었어요.
내가 자기를 가르치는 선생님이어서 다른 사람보다
특별대우를 해준다고 하는데, 그 역시도 고마운 일이에요.
뭐 어때요. 다른 사람과 같아도
이렇게 마주할 기회가 있다는 사실이
그 자체만으로도 얼마나 고마운 일이에요?

그녀를 좋아하냐고요?
음…… 확실히 같이 있으면 즐겁고 유쾌하고
그녀의 행동 하나하나가 신경 쓰이기도 하고
왠지 그녀와 함께 있으면 당연히
해야 할 행동인 것처럼
사소한 것 하나까지 그녀에게
맞춰서 움직이더라고요.
생각해 보면 제 행동은 상대의 호감을
사기 위한 친절이기도 한 것 같아요.

샤워를 하면서 문득 그런 생각이 들더라고요.
내가 이 사람을 참 많이 신경 쓰고 있구나.
이 사람이 뭘 좋아하는지 어떤 사람이어야 하는지,
스스로가 정말 잘 알고 있는 거예요.
마치 오랫동안 그녀와 함께한 것처럼
평소의 제가 아닌 모습으로 지내더라고요.

그래서 자격증 하나를 선물했어요.
홍지민 사용 기사 2급.

언제고 사용할 날이 있을 거라면서 말이에요.
저도 잘 모르겠어요, 아직은.

저도 모르게 그 사람에게 정말 반한 걸까요?
단순히 괜찮은 사람이다.
사랑스러운 사람이라고 느끼고는 있지만,
제 마음을 저도 잘 모르겠네요.

그녀는 나를 어떻게 느끼고 있을까요?

참 유쾌한 사람이에요.
뜬금없이 카톡으로 자기 사용 기사 2급이라며
자격증을 보내 주더라고요.
제가 자기를 잘 다룰 줄 안다나요?
저는 그 사람을 다뤄 본 적도 없는데 말이에요.

제 이름이 좋다기에 나중에 딸 낳으면
제 이름을 써 보는 건 어떠냐고 했어요.
그랬더니 자기 성이 홍 씨여서 제 이름으로 하면
아이들에게 놀림을 당할 거라고 그러더라고요.
홍시연.
제가 생각해도 웃기긴 했어요.

혹시 제게 반해서 그런 게 아니냐고 슬쩍 물어봤죠.
그랬더니, 반한 건 아니래요.
알겠다고 대답은 했지만 곰곰이 생각해 보니
그 사람의 행동이 대답과는 다르더라고요.

처음 만날 때부터 수업 마치고

식사도 하고 많은 이야기를 나누며
참 많이 웃었죠.
늦은 시간이라며 저를 집 앞까지 데려다 주고
굳이 스스로가 그 먼 거리를 다시
택시 타고 돌아갔고요.

얼마 전에 만났을 때도 같이
식사를 하려고 식당에 들렀을 때
슬쩍 의자를 빼 주기도 했어요.
자기가 앉으려고 뺀 의자에
제가 앉은 거라며 당황하던데,
정말일까요?

제가 먹는 반찬 하나하나 신경 써서
제 곁으로 가져다주고
고등어구이를 발라 먹고 있으니
새 젓가락을 꺼내고는 일일이
살을 발라 주더라고요.

원래 그렇게 세세하게 남을
챙겨 주는 타입일까요?
아니면, 제게 관심이 있어서 그런 것일까요?
제가 아무리 둔한 편이지만 저는 그 사람이
제게 관심이 있다고 생각해요.
제게 자격증을 보내온 것만 봐도 말이에요.

아, 또 있어요. 제가 스치듯
지나간 말을 거의 기억하고 있어요.
딱 하나를 제외하고는 거의 모두를
기억하고 있더라고요.
제 이름은 '시작이 고운' 이라는 이라는 뜻이에요.
시작할 '시(始)'에 고울 '연(妍)'.

오늘은 제가 일하는 곳까지 찾아왔다가
제가 쉬는 날인지 모르고 그냥 돌아갔대요.
지나가는 길이라며 간식을 사 왔었다고 하더라고요.
그렇게 제게 관심이 많은 사람인데,
단순히 그냥 친절한 사람일까요?

그 사람 스스로도 아무에게나
친절하다고 하지는 않았거든요.

저요? 저는 아직 잘 모르겠어요.
그렇지만 그 사람의
친절이 기분 나쁘지는 않아요.
맞는 부분도 많고,
함께 있으면 즐거운 사람이에요.
그 이상도, 그 이하도,
아직은 아니에요.

통화

오빠, 있잖아.

우리 집이 2층이잖아.

오빠한테 전화하려고 침대에 막 누웠는데

저 멀리서 어떤 꼬마가 큰 소리로 엄마를 부르는 거야.

꼭 멀리 있는 엄마를 발견하고 반가워서 뛰어가는 것처럼

그 꼬마의 목소리를 듣고 엄마도 크게 아이를 부르는 거야.

그래, 이 늦은 시간에······.

그런데 꼬마애가

"응, 엄마가 너~~~무 좋아".

라고 목청껏 이야기하는 거 있지?

응, 엄청 예뻤어.

엄마도 똑같이 "엄마도 누리가 너무 좋아~"

이러는데, 듣는 내가 다 행복하더라.

조금 있으니까 남자 목소리도 들리는 거야.

응, 아빠겠지?

아빠는 그렇게 크게 꼬마를 부르지는 않았어.

"누리야, 아빠는?"

하고 묻는데

꼬마애가 조금도 망설이지 않고
"아빠는 싫어!"
그러는 거야.
그 이야기를 듣고 엄마는 막 웃더라.

엄마와 꼬마의 이야기만 들었을 땐 참 예쁜 이야기다,
그랬는데
아빠 이야기를 듣고는 한참을 웃었다.
오빠는 사랑 받는 아빠가 돼야 해, 알았지?
걱정 마, 문단속 잘할게.
오빠는 아이가 좋아하는 아빠가 돼야 해.
알았지?
뭐야, 그거 프러포즈야?
꿈도 꾸지 마. 내가 아무리 오빠를 좋아해도
이런 식은 절대 안 돼!
응, 알았어. 걱정하지 마. 잘자!

잘 들어갔어?

난 아직도 배부르다. 숨을 못 쉬겠네.

그나저나 언니가 없으니까 늦게까지 같이 있는 건 좋은데

너 혼자 자게 두는 게 속상하네.

오빠가 같이 있어 줄까?

뭐? 오빠가 더 무섭다고?

하하! 나도 알아, 내가 무서운 남자인 거.

괜찮아, 손만 안 잡을 거야.

아니야, 농담이야.

그래, 알면서.

응?

그래, 그 꼬마가 그랬어?

하하, 그래?

거 봐, 넌 직업을 바꿨어야 돼.

아이들을 그렇게 좋아하면서 말이야.

지금이라도 안 늦었어.

유치원 교사 해봐.

그리고 다 큰 어른 한 명 키워 줘.

어때?
알아서 밥도 잘 먹고 청소도 잘하고
너도 많이 예뻐해 줄 거야.

예쁘다, 예쁘다. 참 예쁘다.

응?
알았어. 그래서?
아…… 아빠.
하긴 남자들이 다 그렇지.
그래, 난 아이가 사랑하는 아빠가 될 거야.
내가 애들을 얼마나 좋아하는데!
우리도 그냥 확 결혼해 버리자.

아니!
프러포즈는 아니고…….
그래, 알았어. 알았다고!
문단속 잘하고! 그래, 보고 싶어.
잘 자고 좋은 꿈 꿔!

프러포즈

오늘은 평소보다 조금 일찍 헤어졌어요.
그녀를 기쁘게 해주려고 이벤트를 준비했거든요.
평소 그녀를 바래다주면서
헤어지기가 싫어 자주 들렀던 놀이터를
조금 더 특별한 장소로 만들어 보려고요.
TV를 보면 촛불로 길을 만들고 하트를 만들어
남자들이 연인에게 멋지게 프러포즈를 하잖아요.
언젠가 그런 프러포즈를 받고 싶다던
그녀의 이야기를 귀담아 듣고 있었죠.

그런데 생각보다 하트를 만들기도 갈수록 어렵고……
하트를 먼저 그리고, 그 위에 초를 놓을 생각이었는데
생각만큼 하트가 예쁘게 그려지지 않는 거예요.
어두워서 잘 보이지도 않아요.
그녀가 씻기 전에 빨리 끝내야 되는데
씻고 나면 쌩얼 보여주기 싫다면서
이렇게 힘들게 준비한 이벤트를 준비한 줄도 모르고
안 나올 게 분명하니까요.
그녀에겐 친구들과 술 약속이 있다고

거짓말을 했어요.
미리 잡아 놓은 약속이라 취소도 못한다고
오늘만 이해해 달라고 했는데,
이렇게 열심히 준비하는데 그녀가 안 나오면
저는 울어 버릴지도 몰라요.

그렇지 않아도 더위를 싫어하는 녀석이
이렇게 땀 흘려 가며 준비하고 있는데,
그녀는 야속하다며 속상해하고 있겠죠?
그런데 원래 그렇게 속상해하다 받는 기분 좋은 선물이
더 기억에 남는 거래요.

생각만큼 예쁘진 않지만
드디어 다 만들었어요.
다행히 그녀는 아직 씻지 않았다고 하네요.
이제 곧 그녀를 만날 거예요.

행복해하는 그 모습,
빨리 보고 싶어요.

오늘따라 그가 이상했어요.
무슨 생각을 하는 건지 그냥 혼자 웃기만 하고
저녁엔 친구들과 약속이 있으니까
일찍 들어가라고 하는 거예요.
저녁에 맛있는 거 먹으려고
맛집도 찾아 놨는데
오랜만에 친구들 만난다고 하니까 할 수 없어서
그냥 보내 줬지만
뭔가 화도 나고 속상한 거예요.
보통은 친구들을 만나더라도 한 번씩 전화도 하는데
오늘은 어쩐 일인지 전화도 한 통 없어요.
씻을까 하다가 왠지 뚱해 있던 내가 마음에 걸려
다시 나를 보려고 집 앞으로 찾아올 수도 있으니까
기다려 봤어요.

아니나 다를까, 친구들과 일찍 헤어졌다며
보고 싶으니까 아지트로 나오래요.
안 씻길 잘했다며 안심하고 놀이터로 발걸음을 옮겼는데
놀이터가 평소보다 환한 거예요.

얼마 전부터 가로등이 고장 나서 어두운 곳이었는데
아마도 고쳤나 봐요.
그 어둠을 틈타 우리가 첫 키스를 한 곳이었거든요.
어두워서 좋다며 음흉하게 웃던 오빠 생각에
혼자 웃음 지었어요.

그런데 놀이터에 도착하니 오빠가 환하게 웃으며
촛불로 만든 길 위에 서 있는 거예요.
갑작스런 이벤트에 많이 놀랐어요.
가까이 다가가 오빠를 보니 이마엔 땀이 송골송골 맺혀 있더라고요.
거짓말해서 미안하다며 안아 주는데 눈물이 왈칵 났어요.

이제껏 이런 이벤트는 받아 본 적이 없었거든요.
남들은 명품 백이 좋다지만
이런 오빠의 진심을 받으니 더없이 행복한 여자가 된 기분이에요.
조금은 비뚤게 그려진 하트 모양의 촛불 길에는
쪼그리고 앉아서 하트를 그리며 생긴 오빠의 발자국이
더 내 마음을 아프게 했어요.
이 사람, 이렇게 나를 사랑하는구나.

'내가 이렇게 당신을 사랑해요.'
라는 오빠의 목소리가 들리는 것 같아
결국 눈물을 흘리고 말았어요.

이렇게 행복해도 되는 걸까요?
이렇게 고마운 사람을 만나게 해주신
어떤 존재가 한없이 고마울 뿐이에요.

아, 그리고 드라마에선 촛불 이벤트만 보여 줬지,
그걸 치우는 게 얼마나 힘든지는 왜 안 보여 주냐고요.
오빠와 함께 그 초들을 치우면서
한참을 웃었어요.

오늘은 정말 행복한 날, 평생 잊지 못할 날이었어요.

인사

저는 식구가 많은 편이에요.
보육원에서 나오고는 친한 동생 두 명과 같이 생활을 하거든요.
우리는 각자 성도 다르고 생각도 다르지만
서로가 외로운 사람이라는 그 공통점 하나가 같은
세상에 둘도 없는 가족들이에요.
그런 저에게 가족이 되어 달라며
그가 청혼해 왔어요.
그는 교사이신 부모님 밑에서 평범하게 자라
중견 기업에서 근무하는 평범한 직장인이에요.
어디서나 볼 수 있는 평범한 성격에
평범한 집안의 사람인데,
그 사람의 프러포즈에 행복하면서도 덜컥 겁부터 났어요.

부모가 누군지도 모르는
피붙이의 존재를 모르는 나 같은 사람을
며느리로 달가워할지
자신이 없었거든요.

그의 부모님이 반대할 거란 사실을

처음부터 알고는 있었지만,
막상 그의 부모님을 뵐 생각을 하니
겁부터 나기 시작해요.
남들은 평범하기만 한 생활이
내게는 이렇게 힘든 일이네요.

그의 부모님의 반대가 무서워요.

어쩌면 반대하실지도 모른다는 생각을 저라고
해보지 않은 것은 아니에요.
조금은 평범하지 않은 그녀의 삶의 시작이
만나는 내내 그녀에겐 상처였어요.
그래서 그녀에게 따뜻한 가정이 어떤 것인지
함께하며 많은 것들을 가지고
행복해하는 모습을 보고 싶었어요.

부모님께서는 그녀의 환경이 마음에 들지 않아
그 짧은 시간에 그녀의 단점만 찾으려 하실지도 모르죠.
평생을 존경하며 살아온 내 부모님이지만,
어쩌면 내 선택에 처음으로
화를 내실 수도 있다는 생각이 들었어요.
그저 그러지 않으시길 간절히 바랄 뿐이에요.

하지만 부모님께서 반대한다 하더라도
그녀와 결혼할 생각이에요.
부모님보다 제가 그녀를 더 잘 알잖아요.
그녀가 얼마나 따뜻한 사람인지,

그녀가 그녀의 동생들을 집으로 데려오며
얼마나 행복해했는지,
가지지 못함에 대한 원망보다 가지며
살아갈 수 있는 행복을 아는
정말 지혜로운 사람이거든요.
부모님보다는 제가 그녀를 더 잘 아니까요.

혹여 내 선택이 실수가 되어 훗날 내가 아프게 살더라도
난 단 하루를 살아도 그녀와 행복하게 살고 싶어요.
물론 그럴 일도 없겠지만…….

나보다 더 긴장하고 있는
그녀의 얼굴을 보며 손을 꼭 잡아 줬어요.

우리 잘 살 거예요.

서점 데이트

책을 읽어 본 게 언제인지 정확히 기억도 나질 않아요.
책을 딱히 싫어하는 성격은 아닌데
입시를 끝내고 학교를 졸업하고 바쁜 직장 생활을 지내고 보니
책 한 권 읽을 시간이 없더라고요.
그래요, 책 읽을 시간이 없다는 게 핑계인 건 알아요.
평일엔 퇴근하고 저녁 먹고 씻고, 그러다 보면
좋아하는 드라마 한 편 보고
다음날을 위해 일찍 잠자리에 들기 일쑤고,
주말이면 남자 친구 만나서 같이 밥 먹고
영화보면서 그렇게 시간을 보내니,
딱히 책 읽을 시간을 만들기가 어렵더라고요.

사무실에서도 쉬는 시간이나 점심시간에
잠시 쉰다고 자리에 앉을 때면
인터넷 기사를 보거나 웹툰을 보면서 시간을 보내고,
그런 시간이 아까운 게 아니라 너무나도
당연한 하루 일과가 돼 버려서
그 사이 책을 읽는 저를 찾질 못하겠더라고요.

남자 친구에게 이런 이야기를 푸념삼아 했더니
그럼 주말에 서점이나 가 볼까?
그러는 거예요.
남자 친구가 그다지 책을 좋아하지 않는 줄 알았는데
그 이야기를 들으니 남자 친구가 새롭게 보이더군요.

그것도 좋겠다 싶어
이번 주말엔 서점에 들러 마음에 드는
책을 서로에게 선물하기로 했어요.

서점에서의 데이트!
왠지 교양 있는 데이트 같아서 벌써부터 설레네요.

주말이면 친구들과 공차기 바쁘고, 퇴근하고
친구들과 술 한 잔 하거나
후배들, 친구들과 술값 내기 게임을 많이 했었어요.
책이요?
공부할 때 그만큼 많이 봤으면 됐지,
뭘 또 따로 공부하려고 읽나 싶었어요.
그런데 사람이 사랑을 하면 변한다더니
여자 친구의 책 읽고 싶다는 말 한마디에,
"그럼 우리 서점 갈까?"
라고 제가 먼저 이야기를 꺼냈어요.

마침 늘 밥 먹고 영화보고 커피숍 가는
똑같은 데이트를 그녀가 지겨워하기에
주말에 서점에 가자고 했어요.
그렇게 같이 있는 시간 속에서 책을 본다면
그것도 나쁘진 않겠더라고요.

생각보다 많이 좋아하는 걸 보니
왜 진작 그 생각을 못했나 싶었어요.

그
남
자

서점에 가기 전에 요즘 어떤 책이 많이
읽히는지부터 찾아봤어요.
여자 친구가 어떤 책을 읽을지 고민하면 추천해 주려고요.

그리고 근처 맛있는 커피숍도 찾아봤어요.
그녀가 책 읽는다고 삼매경에 빠지면 몰래 빠져나가
그녀가 좋아하는 커피 한 잔 건네며 데이트 신청하려고요.

저, 잘하는 거 맞죠?
'뭐야?'
하면서도 웃어 줄 그녀를 생각하니
벌써부터 주말이 기다려져요.

비 내리는 날

정확히 언제부터 비를 좋아하게 된 건지
저도 잘 모르겠어요.
아침 일찍 일어나 운동하려고 동네 놀이터에 갔다가
어젯밤 내린 비에 촉촉이 젖어 있는 나무들을 봤어요.
왜 흔히 '비 비린내' 라고 하잖아요.
그 냄새가 저는 참 좋더라고요.
비를 좋아하는 사람은 과거가 있다던데,
뭐 저는 딱히 그렇지는 않아요.

제대하고 혼자 여행을 간 적이 있는데
처음 혼자 떠나는 여행이라 이것저것
준비하지 못한 것이 많았어요.
비가 올 것에 대한 대비도 없던 상태여서
내리는 비를 그대로 맞을 수밖에 없었죠.
처음엔 비를 피해 여기저기 뛰어다니다가
나중에는 포기하고 그냥 그대로 비를 맞게 되더라고요.
그런데, 그 느낌을 아직도 잊을 수가 없는 거예요.
옷도 다 젖고 가방도 젖고
신발도 젖어서 찝찝할 것도 같은데

뭔가 자연과 내가 하나가 되는 기분이랄까요?
물론 그날은 숙소에 들어가 젖은 옷을 말리느라
고생도 말이 아니었고,
감기까지 걸려 집으로 돌아와야 했지만
그래도 비가 참 좋더라고요.

이렇게 좋아하는 비를
여자 친구에게도 느끼게 해주고 싶었어요.
꼭 한 번 해보고 싶던
비 오는 날 빗소리를 들으며 차 안에서의 데이트.

다행히 오늘은
그녀가 순순히 따라와 줘서 얼마나 좋은지 몰라요.
다행히 영화도 분위기가 있어서인지
여자 친구가 금방이라도 울 것만 같아요.

분위기도 좋은데
가볍게 입 맞추고 사랑한다고 말해 볼까요?
그녀에게 잊히지 않는 추억을 남겨 주고 싶어요.

저는 지독히 비를 싫어하는 사람 중 한 명이에요.

비 오는 날이면 예쁘게 한 머리도 뒤집어지죠.

옷도 젖어 축축하죠.

더구나 하염없이 내리는 비를 보면

사람이 우울해지기도 하잖아요.

이런 날을 왜 좋아하는지

도무지 이해되지 않더라고요.

아, 비가 와서 좋은 점

두 가지는 있어요.

예쁜 레인 부츠를 신을 수 있다는 것과

동동주에 파전.

이상하게 비만 내리면 동동주에 파전이 그립더라고요.

또 비가 내리는 날 먹어 줘야

제맛인 그런 궁합이잖아요.

그런 저에 비해 제 남자 친구는

비 내리는 날을 정말 좋아해요.

이런 날은 바닷가에 가서

빗소릴 들으며

간간히 바다도 바라보며
향 좋은 커피 한 잔을 마시면서
차 안에서 영화를 보고 싶대요.

결국 남자 친구의 바람대로
영화를 보는 중인데,
커피를 너무 많이 마신 탓인지
화장실에 가고 싶어 미치겠어요.

비는 또 얼마나 많이 내리는지
이럴 때 화장실 찾아 나가면 홀딱 젖을 게 뻔한데
영화는 눈에 안 들어오고
어서 빨리 자리를 뜨고 싶을 뿐이에요.

이런 내 마음을 아는지 모르는지
남자 친구가 분위기를 잡고 있네요.
이걸 확!
한 대 때리고 차에서 내릴까 봐요.

넌 여자를 너무 몰라

세상에 영원한 사랑이 어디 있어?
사람이 영원히 살 수 있는 존재도 아닌데 말이야.
이 세상에서 다 사랑하지 못해서
다음 세상에 다시 태어나 다시 상대를 만나면 좋겠다는 말,
그 말처럼 비겁한 말은 없는 것 같아.
지금 이 생애 살면서 남길 게 없는 듯
사랑하면 안 되나?

죽을 때까지 사랑할게.
평생 사랑할게.
그렇게 말은 못해.
하지만 살아가면서
네가 하는 어떤 행동에
내가 기분 나쁠 거라면
나 역시도 그런 행동은 하지 않을게.
적어도 너를 배신하거나 너를 실망시키는
일은 하지 않을 거라는 말이야.

사랑하는 동안

내 사랑이 최고고
내 사랑이 가장 아름다운 사랑이라고 생각하며 살아갈게.
더 잘나지 못해 미안하고,
더 좋은 남자이지 못해 미안해.
하지만
널 위해 더 좋은 남자가 되고 싶어.
널 위해서 더 나은 남자가 되려고 노력하는 모습만큼은
변하지 않을 거야.

물론 우리도 다른 연인들처럼
다투기도 하고
내가 널 울리기도 하겠지만,
적어도 그렇게 널 울리고
등을 돌리는 남자가 아니라
내가 더 아플 수 있는 마음으로 사랑할게.

그러니까
이제부터 내 사람 하자!

남자들이 손에 물 한 방울 안 묻히겠다는 말
믿는 여자가 정말 있는 줄 아니?
설사 그 말이 거짓말이라고 해도
여자들은 자기 남자에게 그런 말을 듣고 싶은 거야.
이 남자가 나를 정말 그렇게 사랑하는구나.
그 마음 하나만 믿는 거지.

왜, 그런 노래 가사 있잖아.
'밤하늘의 별도 달도 따주마 미더운 약속을 하더니
이제는 다해 달래 그이는 애기가 돼 버렸죠.'
라는 노래 말이야.
난 이 노래가 참 좋아.
나도 알아.
너도 일반 남자들과 다르지 않다는 걸.
아마 지금은 잘해 주겠지.
너는 다른 남자들과 다르고
변하지 않겠다는 말,
나 역시 믿고 싶어.
하지만 과연 그럴까?

그
여
자

여자들은 그래.
변할 것이라는 걸 알면서도
이 남자만은 다르다! 라고 믿거든.
그래서 그 남자를 사랑하게 되면
그 남자만 바라보는 거야.

인기 있는 드라마들을 보면,
대부분의 남자 주인공들이
여자를 위해서 참 많이 운다.
평소 사랑을 모르던 남자들이 말이야,
자기 마음도 모른 채 여자를 바라보다가
그 여자를 위해 목숨도 바칠 것처럼 사랑하잖아.
여자들은 그래.
그렇게 현실 같지 않지만
현실에서 일어나길 바라는
그런 사랑을 바라는 거야.

지금 네 말이 멋있는 거 같지?
딱 3년 뒤에 너는 어떤 모습일까 궁금하다.

도리에몽 가방

그녀를 만나고 처음 겨울을 맞던 어느 날,
그녀가 춥다고 해서 입고 있던 외투를 벗어 준 적이 있어요.
많이 추웠는지 그녀는 고맙다며 외투를 받아서 입었죠.
그러고는 내게 춥지 않으냐고 몇 번이나 물어 왔어요.
괜찮다고 나는 몸에 열이 많다고 자랑스레 이야기했지만
잠시는 견딜 만했는데 오랜 시간이 지나고 보니
저 역시 몸이 떨려오더라고요.
그렇다고 벗어 준 외투를 다시 달라고 할 순 없잖아요.
그녀를 안으면서 떨고 있는 날 보더니
살짝 웃으며 많이 따뜻해졌다고 다시 옷을 돌려주더군요.

솔직히 추웠기에 나 역시 겸연쩍게 웃으며
입고 있을 땐 몰랐는데 막상 벗으니
추웠다고 솔직히 말했죠.

그 뒤로 그녀는 아무리 추워도 춥다는 말을 하지 않았어요.
자기가 춥다고 하면 또 내가 옷을 벗어 줄 거라
그렇게 생각했나 봐요.
그래서 나도 가방을 하나 들고 다녔어요.

그녀가 춥다고 하면 덮어 줄 수 있는 무릎 담요와 목도리,
같이 손을 잡고 다니다가도
날이 많이 추운 날이면 낄 수 있는 벙어리장갑.

데이트 중간에 양치질를 하기 어려울 때면
식사 후 간단하게 씹을 수 있는 껌과 가그린도 준비하고,
휴지는 들고 다니는 사람이 많지만
물티슈를 쓸 때도 종종 있는 것 같아
물티슈도 넣어 다니기 시작했어요.

그렇게 하나둘 가방을 채워 나가다 보니
어느 순간 그녀와 데이트 전에
오늘은 뭐가 필요할까? 미리 가방을 챙겨 봐요.

가방은 조금씩 무거워지지만
그녀가 필요한 게 하나하나 늘어 갈수록
저는 조금씩 더 행복해지고 있어요.

오빠 가방은 도라에몽 주머니 같아요.
언젠가부터 커다란 백팩을 메고 나오더니
내가 무슨 말을 하기가 무섭게
가방 속에서 자꾸만 나오더라고요.

추위를 유독 많이 타는 나를 위해
작은 무릎 담요를 담아 온 게 시작이었어요.

겨울이 시작되던 어느 날,
오빠에게 잘 보이기 위해 옷을 좀 얇게
입고 나갔던 게 화근이었죠.
점심만 먹고 헤어질 생각이었는데,
같이 있다 보니 떨어지기가 싫어
저녁도 먹고 강변에서 산책도 했어요.
그날따라 강바람은 왜 그렇게 차가운지,
춥지 않다고 최면을 걸기도 했지만
사랑으로 감당할 수 있는 추위가 아니었어요.
그런 제가 많이 안쓰러웠는지
오빠는 열이 많아서 추위를 타지 않는다며

외투를 벗어 주더군요.

아무리 열이 많은 체질이어도
그렇게 칼바람이 부는데 춥지 않을 리가 있나요?
그래도 그 마음이 고마워 옷을 받아 입고는
오빠에게 팔짱을 꼈어요.
차라리 강변을 벗어나 따뜻한 곳으로
데이트 장소를 옮기면 됐을 텐데
둘 다 그러기는 아쉬웠나 봐요.

이까지 딱딱 부딪히며 떨고 있는 오빠를 보니
귀엽기도 하고
그만큼 날 생각해 주는 마음에
괜히 마음이 아파 오더라고요.

그래서 오빠에게 잘 보이고 싶은 마음도 많지만
그 후로는 날씨에 맞게 옷을 입고 다녔어요.
그런데, 그 후로 오빠는 가방에서
뭔가 필요한 걸 하나씩 꺼내더라고요.

아직 오빠의 가방 속을 한 번도 보질 못했어요.
필요한 게 무엇이든
자꾸만 샘솟는 도라에몽 주머니 같은 오빠의 가방

가방이 조금씩 뚱뚱해질수록
오빠가 날 생각해 주는 마음이 더더욱 커지는 것만 같아서
행복할 따름이에요.

오늘부턴 나도 도라에몽 가방을 가져가 보려고요.
오빠는 뭐가 필요할까요?
이렇게 참 행복한 고민이 시작됐어요.

함께 라는 습관

그녀의 휴일은 매주 화요일입니다.
음대를 나와 아이들에게 피아노를 가르치는 그녀는
주말에도 자유로운 몸이 아닙니다.
그래서 주말이면 그녀의 학원 근처 커피숍에서
이렇게 앉아 그녀를 기다립니다.
수업을 마치고 다만 몇 시간이라도
그녀의 얼굴을 볼 수 있으니까요.

오늘은 늘 앉던 그 자리에
이미 누군가가 앉아 있습니다.
파란색 테이블에 바깥이 훤히 보이는
저와 그녀의 단골 자리입니다.
처음 그 자리에 앉았을 때, 저는 그녀를 기다리며
편지를 쓰고 있었습니다.
그녀가 오는 모습을 보기 위해 기다리다가
기다리는 동안 편지라도 쓰자며
끄적이는 동안 학생의 사정으로 일찍 마쳤다며
말도 없이 다가와
편지 쓰는 내 모습을 가만히 지켜보던

바로 그 자리.

그 뒤로 그녀를 기다리는 날이면
늘 그 자리에서 편지를 쓰는 것이 일상이 되었습니다.
한번은 내 생각이 나서 샀다며
작은 상자를 제게 선물해 주었습니다.
꼭 집에서 확인하라기에 도착해서 바로 뜯어 보니,
편지지를 색깔별로 사서 넣어 놨습니다.
누구를 위한 선물일까요?
그 편지지에 편지를 쓰라는 것이겠죠?

아,
사람들이 일어섭니다.
얼른 그 자리로 옮겨서 적어야겠습니다.
오늘은 편지뿐만 아니라 작은 선물도 하나 준비했습니다.
그녀만큼 반짝이는
그녀를 닮은 목걸이를 건네며
내 사람이어서 고맙다는 인사를
꼭 하고 싶습니다.

그가 좋아하는 파란색으로 채색된
둥근 테이블이 우리의 주말 데이트 장소예요.
그와 만나며 제일 많이 앉아 있던 곳이기도 하고
그가 없어도 생각이 나는 장소예요.

식당을 가더라도 단골이라는 이름과는 거리가 먼
그저 스쳐 지나감이 익숙한 사람이었는데
그는 어느새 내 주변에서 하나둘씩
반복되는 일상을 만들어 나가고 있어요.

요즘 세상에도 손편지를 쓰는 사람이 있냐며 신기해했던,
하필 저를 기다리는 동안
제게 쓰려던 첫 편지를 들켜 버린 그 장소가
제겐 그를 생각하는 장소가 되어 버렸어요.
"그 자리가 그렇게 좋아요?" 라고 묻던 제게
지나가면서 길가에서도 제일 잘 보이는 자리에다
늘 같은 자리에 앉아서 기다리고 있기에
자기가 없을 때라도
그 장소가 자기를 생각나게 할 거라던…….

그는 그렇게 조금씩 제 삶 속으로 들어오기 시작했답니다.

제게 맛집은 친구들과 같이 가는 쇼핑의 일과이거나
그저 좋은 음식을 먹는 장소일 뿐이었어요.
그런데, 그와 만나는 동안 맛집은 제게 추억이 되고
자주 찾는 단골 장소가 되었어요.

어느새 주인들과 인사도 나누고,
같이 다니는 모습이 보기 좋다는 이야기도 듣고,
결혼은 언제 하냐는 이야기를 듣기도 하고…….
짓궂은 그는 이미 결혼했다며 너스레를 떨기도 하네요.

남들처럼 영화보고 밥 먹고 차를 마시는
그저 평범한 하루들인데 그 하루가 특별하게 느껴지고 있어요.

그와 함께하는 것들이 많아질수록
점점 무엇을 먹느냐가 중요한 게 아니라
누구와 먹느냐가 중요하다는 말의 의미를
점점 이해하게 되었어요.

띠동갑

멈추려고 할수록
이게 아니라고 생각할수록 그런 생각을 하면 할수록
더 많이 그녀를 생각하는 시간이 됩니다.

간간히 주고받는 문자와 틈나면 주고받는 전화는
분명 연인들의 모습입니다.
서로를 걱정하고 서로의 안부를 물으며
밥을 먹는 그 사소함에도 의미를 두고
잘 챙겨먹으라는 그 인사에 보답이라도 하듯
한 숟갈이라도 더 씹어 삼킵니다.

불을 끄고 누운 침대에서
전화기가 뜨거워질 만큼 통화를 하고
졸리느냐는 물음에
조금 더 통화하고 싶다는 우리는 분명,
연인의 모습입니다.

하지만 현실을 알고 있기에
그렇게 금방 사랑에 빠지는 사람처럼

마음을 열어 버리면
그녀도, 나도, 결국 서로에게 상처가 될 것이란 걸
너무도 잘 알기에 어른인 내가 참아야 합니다.

문득
서로에게 상처가 되지 않기 위해서라도
내가 다른 사람을 만나
지금의 이 위험한 시간들을 줄이지 않으면
안 되겠다는 생각이 듭니다.

세상이라는 것을
충분히 알 만큼 살아온 나는 상관없지만
그녀가 혹여 나 때문에 그 여린 가슴에 눈물을 쏟으며
아프지 않기를 바랍니다.

한 사람을 만나 너무 많이 아프다며
내게 보였던 눈물을 알기에
이제 이런 이야기는 그만두어야 할 것 같습니다.

문을 잠그고 몰래 전화를 합니다.
그 사람의 존재를 부모님이 아시면
좋아하지 않으실 게 분명합니다.

싱글로 살아가는 사람들 중
사랑해선 안 될 사람이 어디 있을까요?
저는 그렇게 생각합니다.

그 사람은 저보다 열두 살이 많습니다.
하지만 그 사람은 때론 저보다 더 여린 목소리로
제 걱정을 하고
제가 아플 때
제 목소리를 묵묵히 들어주었습니다.
내가 힘들 때
위로해 달라며 보낸 문자를 보고
아무런 위로도 하지 않고
밤을 꼬박 새우며
결국 나를 웃게 만들어 주었던 사람입니다.

전화를 끊는 게 아쉽고
그 사람이 좋은 사람을 소개시켜 달라는 말에
괜히 가슴 한 켠이 살짝 아려 오는
나도 모르게 내 것을 만들고 싶은
욕심나는 사람입니다.

알아 갈수록 손을 놓기 싫은 사람,
장난으로라도 내 남자라고 이야기하고 싶은 사람,
어리광 가득한 내 말을 하늘이 두 쪽 나도 지키려 하는 사람,
어린 내가 좋다며 업고 살겠다며 장난치던 사람,
이만큼이나 어린 내게 한 번도 반말을 하지 않고
있는 그대로의 나를 아껴 주는 사람,
그 따스함에 가만히 눈을 감고 느끼면
행복해서 눈물이 날 것 같은 사람…….

그를 사랑한다는 것을 알면
불을 보듯 뻔한 부모님의 역정이 그려지지만,
그래도 자꾸만 그에게 내 마음이 다가갑니다.
그에 대한 내 마음이 점점 커져 갑니다.

인연이란, 운명이란

난 그렇게 생각해.
인연이라는 것은
두 사람이 만나는 그 시간과 장소가
같아야 일어날 수 있는 기적이라고…….

같은 장소에는 언제든 갈 수 있어.
같은 시간에 다른 장소에도 얼마든지
살아갈 수 있어.
하지만 같은 시간, 같은 장소에서
두 사람이 만난다는 것은기적이라고 생각해.
그런 기적이 인연인 거야. 그리고 그 기적 속에서
서로가 서로를 알아본 사람들이라면
말할 것도 없이 운명이라고 할 수 있겠지.

네가 좋아하는 커피숍을 내가 알지는 못했지만
네가 11시 11분이라는 시간을 좋아하는지도
알지 못했지만
이렇게 너와 내가 마주 앉아서
같은 시간, 서로를 바라보며 이야기를 나눈다는 것,

너와 내가 서로를 특별하게 바라보고 있다는 것,
그것은 기적이 아닐까?

만약 네가 나보다 열 살쯤 많았다거나
내가 너보다 스무 살쯤 많았다면
우리는 스쳐 지나가더라도
그냥 말 그대로 스치기만 했던
살아가면서 얼굴도 기억하지 못하고
그 존재조차 모르고 살았을지도 모를,
그런 사람이었을지도 모르잖아.

사람의 생에 운명이 있다면
살아야 할 길이 미리 정해져 있다면
이렇게 만난 우리도 운명이고,
운명이라는 것이 선택해서 만들어지는 것이라면
나는 너를 선택하고 만나고
사랑하는 운명을 선택했어.
그게 내가 생각하는 인연이고,
운명이야.

언제 우리가 처음 만났는지
네가 어떤 옷을 입고
어떻게 내 주변에 머무르게 됐는지
하나도 기억이 나질 않아.
다만 처음에는 네가 마음에 들지 않았어.

상대를 배려할 줄 모르는 성격,
쩝쩝거리며 먹는 음식들,
뚜렷한 개성도 없이 늘 무채색의 옷만 입는 네가
내 눈에 들어올 리 없었어.

내가 사랑해야 할 사람이 있다면
적어도 너는 아니라고 생각했던 거야.

그런데 네가 좋아하는 음악과
네가 좋아하는 영화와
네가 감명 깊게 읽었다는 그 책이
나도 꼭 그렇다는 걸 알게 되고는

배려할 줄 모르는 게 아니라
리더십이 있는 남자로 보였고,
참 음식을 맛있게 먹는 사람이구나 싶었어.
화려함을 좋아하는 나와 딱 어울리게
늘 비슷한 코드로 옷을 맞춰 입는 모습을 보고
어쩌면 그때부터 남자로 바라보기 시작했는지 몰라.
난 길을 가다 누군가가
첫눈에 반했다며 쫓아와 주기도 바랐고
자주 가는 카페에서 근사한 남자와 자주 마주치곤
서로 쑥스러워하며 연락처를 주고받는 그런 상상을 했었어.

그런 만남이 운명이라고 믿었던 거야.
어딘가에 나만을 사랑해 줄 그런 남자가
반드시 있을 거라고…….
이렇게 보통 사람들과 똑같은 평범한 만남인 우리가
그런 사이라는 걸 인정하지 못했던 거야.

네가 참 좋은데,
왠지 조금은 억울해.

그럼에도 불구한 사랑, 그래서 하는 사랑

음식을 먹을 때면 항상 냄새를 먼저 맡아 봅니다.
상한 음식을 먹으면 안 된다고요.
고기를 먹을 때면 특유의 그 냄새가 나서 싫고
생선을 먹을 때면 비릿함이 싫어
그 냄새부터 맡는다고 합니다.
다 좋은데, 우리 엄마 앞에서
엄마가 해준 음식 냄새는 안 맡았으면 좋겠습니다.

빙수를 좋아합니다.
그런데 너무 좋아합니다.
감기가 걸려서 콜록거리는 나를 데리고
자기가 좋아하는 거니까
꼭 먹어야 한다고 오늘도 내 손을 잡아끕니다.
싫다고 말해도 먹고 싶은 건 꼭 먹어야 하나 봅니다.

말귀를 잘 못 알아듣습니다.
내 발음이 이상하다며 구박합니다.
그런데, 내 말만 못 알아듣는 게 아니라
가끔 다른 사람들의 말을 잘못 이해하고

혼자 화를 냅니다.

저녁마다 같이 맛있는 걸 먹고
저녁마다 술 한 잔씩 하고
같이 산을 다니면서
다리가 굵어졌다며 짜증을 냅니다.
뱃살 때문에 옷맵시가 예쁘지 않다며 짜증을 냅니다.

얼마큼 사랑하느냐고 묻습니다.
왜 사랑하느냐고도 묻습니다.
가만 생각해 보니, 사랑하기 시작한 이유를 모르겠습니다.
그래서 솔직하게, 모르겠다고
사랑하는 이유가 없다고
그냥 좋다고 했더니
사랑하는 이유가 없으니
언제든 떠날 수 있겠다며 불같이 화를 냅니다.
전 단지 그런 그녀의 그런 모습에도 불구하고,
그녀를 사랑하고 있습니다.

처음 잡은 손이 참 따뜻했습니다.
손이 따뜻한 사람은 마음도 따뜻하다고 하더군요.
그래서 그를 보기 시작했습니다.
지나가는 말로 약속을 하더라도
그 약속을 어긴 적이 없습니다.

뭔가를 먹을 때도
자기는 아무거나 잘 먹으니
항상 내가 먹고 싶은 것을 먹자고 합니다.
그리고 둘 중 뭘 먹을지 몰라 고민하면,
먹고 싶은 것 두개를 골라
나눠 먹으면 된다고 합니다.
다리가 아프다고 투정부리면
내가 보기에도 민망한 이 덩치를
덥석 업어 줍니다.
부끄럽기도 하지만, 그렇게 업혀 가는
그의 따뜻한 등이 좋습니다.

때론 무서울 만큼 단호하고 차갑게 변하지만

철모르고 세상물정 모르는 나에게
따끔하게 일러 주는 것 같아
그 모습 조차도 멋있습니다.

같이 지하철을 탈 때면
항상 내게 자리를 양보하고,
가끔 가방 때문에 어깨가 아프다고 하면
부끄러울 만도 한데
아무렇지 않게 내 가방을 들어 줍니다.

그런 그의 따뜻함이 좋고
따뜻한 체온이 좋고
나만 바라보는 시선이 좋고
듬직함이 좋습니다.

그런데 그는 나를 사랑하는 이유가 없다고 합니다.
나는 이렇게 그를 사랑하는 이유가 이렇게나 많은데,
그는 없다고 합니다.

눈물이 슬픔의 아이로 태어날 때

빗방울이 되기 위해선
먼저 사라져야 한다.
그리고 좁은 방을 사용하듯
짙은 구름이 될 때까지
서로의 어깨를 부딪치며
참고 인내하는 시간을 견뎌야 한다.
더 이상 그 무게를 견디지 못할 때
누군가의 첫 발걸음을 시작으로
비 오는 날이 시작되는 것처럼

눈물도
슬픔을 삭이고
멍든 가슴을 품어야
그 맑은 창에서
세상을 적실 수 있다.

이별의 이유

그녀가 싫다기에 담배도 끊었습니다.
담배를 끊은 사람에게는 딸도 주지 않는다며
독하다고들 하는데, 그녀를 얻기 위해 참고 또 참았습니다.
몰래 몰래 피우고 싶기도 하고
친구들과 술이라도 한 잔 할 때면 나도 모르게 손이 갔지만,
아무리 보이지 않는 곳이라도 그녀와의 약속은 꼭 지키고 싶어서
이를 악물고 참고 또 참았습니다.
그렇게 시작해 3년을 만났습니다.
제게 사랑은 눈에 보이는 것보다는
사랑받고 있다는 느낌이 더 중요한 것이라고 생각했습니다.
그래서 그녀를 만나는 동안
그녀가 아무리 조르더라도 사랑한다는 이야기도 한 번 하지 않은 채
그걸 몰라서 묻느냐며 핀잔만 주고
차라리 한 번 더 안아 주고 말았습니다.
사랑한다는 말을 입 밖으로 내뱉는 것이 부끄럽기도 했지만,
왠지 그렇게 가볍게 뱉는 말은 하늘로 그대로 날아가
사라져 버릴 것만 같았기 때문입니다.
그녀는 그녀가 공주가 되길 원했고
저는 그녀의 마당쇠가 되었습니다.

무거운 것은 그녀가 들지를 못하게 했고,
그녀의 보고 싶다는 전화 한 통이면 아무리 늦은 밤이어도
그녀에게 달려가곤 했습니다.
그런데 그런 저에게 그녀는 그동안 많이 참아 왔다며
이제 그만 헤어지자며 아픈 이별의 말을 전합니다.
장난치지 말라며 아무렇지 않은 듯 그녀를 안아 버렸지만
아마도 터질 듯한 심장을 그녀는 느꼈을 겁니다.

잘하겠다고, 지금보다 더 잘하겠다고,
좋은 사람이 될 테니 그만하라고…….
우리 지난 시간은 어떻게 하느냐고 물으며
그녀를 추억 속의 사람으로 묻어두기는 싫다고 말했습니다.

그렇지만 내게서 등을 돌리며 멀어진 그녀의 뒷모습은
더 이상 다가설 수 없을 만큼 너무나도 차가웠습니다.

그 사람은 내가 아니면 안 된다고 합니다.
그렇지만 이젠 내가 그 사람이 아니어야겠습니다.
많이 부딪히며 만나 온 것도 아닌데
이젠 그 사람의 모든 것이 싫어졌습니다.
내가 좋아하는 것이 무엇인지 알려고 하지도 않고,
같이 쇼핑하는 것도 좋아하지 않아,
아무 옷이나 고르며 한때의 기분으로 산 옷이라
계속 옷장 속에 모셔 두게 되는 기분도
다시 느끼고 싶진 않습니다.
같이 걷고 같이 이야기하고 함께하는 것을 좋아하는데
같이 피시방에 가서는 내게는 인터넷 검색만 시키고
혼자 게임을 하며 지루하게 만드는 것도 싫습니다.
나는 그만을 위해 살아왔고,
그가 좋아하는 것들로만
나를 만들어 왔습니다.
그러다 보니 이제 더 이상의 나는 없는 것 같아서
그가 없으면 아무것도 못하는 바보가 된 것 같아서
그가 없는 내 자신이 싫어서
그가 더 싫어집니다.

이제 그는 나를 위해 극장에 가려고 하지도 않고
나를 위한 요리도 더 이상 하지 않습니다.
난 더 넓은 하늘을 보고 더 넓은 세상을 보고 싶은데
그는 자꾸만 둘이 있는 게 좋다면서 그의 방에서만 데이트를 합니다.
이렇게 무미건조한 삶은 싫습니다.
매일 똑같은 생활에 변화 없는 만남은
마치 톱니바퀴가 된 것 같습니다.

더 잘하겠다는 그의 말이 더 이상 들리지 않습니다.
나를 안으면서 흔들리는 그의 눈동자도
지금 이 순간을 벗어나기 위한 것만 같습니다.

이젠 그의 품을 떠나야겠습니다.
그리고 다른……
나를 더 사랑해 주는 사람과 정말 제대로 된
예쁜 사랑을 하고 싶습니다.

사랑해서 헤어졌어요

혹시 사랑해서 상대방을 놓아 준 적이 있나요?
나와 함께 있는 삶보다 내가 아닌 다른 사람과의 사랑이
혹은 나와 함께 지냈던 시간보다 내가 없는 그 사람의 시간이
어쩌면 더 행복할지도 모르겠다는 마음을
가져 본 적이 있나요?

물론 사랑해서 헤어진다는 말은
핑계일 뿐일 거예요.
하지만 분명히 있어요.
내가 가슴이 찢어져도 상대방의 웃음을 생각하며
그 사람에게 들키지 않는 눈물을 쏟는 사람들이
분명 있어요.

이해 못하실 테죠.
저 역시 이해하지 못했어요.
내가 그 사람과의 삶을 꿈꾸는 것이
때론 그 사람보다 나를 더 사랑하는
이기적인 마음일 수도 있더라고요.

헤어지는 이유가
부모님의 반대든, 그 사람의 미래든,
그건 중요하지 않아요.

지금 흘리는 눈물이
남은 날들의 아픔보다
덜 아플 테니까.

사랑하면서 헤어지다니요?
그런 말도 안 되는 핑계가 어디 있어요?
부모님의 반대?
그 사람의 미래?
무엇이 더 소중한 거죠?
조금 솔직해지세요.
그 사람과의 미래가 자신 없었다고 말이에요.
그 모든 역경을 이겨 내고
함께할 수 있음이 사랑 아닌가요?

헤어지고 아프다면서요.
그러면서 왜 바보같이 헤어지는 길을 택하는 거죠?
자신의 마음을 스스로 잘라 내는 일,
스스로 삶의 무게를 감당하지 못하고
자살을 선택하는 사람들과 뭐가 다르죠?

사랑하면서 헤어진다는 건
스스로의 사랑에 책임을 지지 못하는
겁쟁이라고 생각해요.

여자들은 아무리 힘들어도
옆에서 버팀목처럼 든든하게 버티면서
그 아픔을 이겨 낼 수 있는 사랑을 원해요.

당신이 그 아픔을 이겨 낼 수 없을 만큼
딱 그만큼만 그녀를 사랑한 탓이겠죠.
자신의 부족한 사랑을
더 큰 사랑이라고 착각하지 마세요.

거짓말

마지막까지 그렇게 사람 좋은 웃음으로
나를 바라보지 않아도 되잖아.
이럴 땐 그냥 나쁜 년이라고 욕이라도 해.
그렇게 슬픈 표정으로 웃으면서 알겠다는 듯
행복하라고 말하면
내가 더 미안해지잖아.

내가 그 친구에게 팔짱을 꼈을 때,
네가 그 모습을 보고 화냈을 때,
친구에게 편한 마음이었다고 말했던 거,
그때는 사실이었어.
나도 이렇게 내 마음을
어쩌지 못하게 될 줄 몰랐으니까.

한 번도 남자로 보이지 않던 애가
어느 순간 그리워지더라.
어느 순간 보고 싶어 죽겠더라.
너랑 있는데 그 친구에게 미안한 거야.

그
여
자

그 친구와 있을 땐 네 생각이 나지 않았어.
참 행복하더라.
그래서 네게 더 미안했어.
늘 곁에 그림자처럼 있던 내 친구가 내게
사랑으로 다가올 줄 알았더라면
네가 걱정했던 것처럼 그렇게
자주 만나지 않았을 거야.

너 때문에 우는 일이 생길 때면
그 친구를 찾지 않았을 거야.

미안해.
거짓말해서 미안하고,
너에 대한 내 사랑이 변해서 미안해.

아직 학교에 들어가기도 전
길을 가다 우연히 꼬깃꼬깃 접혀 있는
천 원을 주운 적이 있었어.
길에 떨어진 돈이라도
주인이 찾으러 올지도 모르니
절대로 줍지 말라던 엄마의 가르침도 잊은 채
그 순간의 유혹을 이기지 못하고 들고 왔었거든.

줍고 나서야 엄마의 꾸지람이 생각난 거야.
주웠다고 사실대로 말했으면 됐을 텐데,
엄마의 불호령이 무서워
돈을 땅바닥에 비비며 흙을 잔뜩 묻히고는
엄마에게 거짓말을 했었어.
길을 가다 천 원이 있을 것 같아서 땅을 팠더니
천 원이 나왔다며
당당하게 엄마에게 자랑했었어.
눈에 뻔히 보이는 거짓말이지?
그런 거짓말을 하는 날 보며
엄마는 내게 얼마나 실망하셨을까?

그날 난 정말 죽지 않을 정도로 맞았어.
그 어설펐던 거짓말이 생각나더라.
그래, 그 친구를 바라보는 그녀의 시선은
그렇지 않다고 말하는 그녀의 말과는
너무도 달랐었어.
짐작했지.

그래, 잘된 거야.
잘 어울려.
그 사람만 행복하면 되는 거지.

뭐?
그래?
나도 거짓말처럼 보여?
그래, 그럼
그런가 보다.

그녀에겐 행복하라고 했지만
왜 이렇게 아프냐?

차이

여자들은 말이야,
남자들이 왜 그렇게 외로움을 많이 느끼는지 알아야 해.
여자들은 친구를 만나서 같이 영화를 보고
커피를 마시고 쇼핑도 하고 술도 마시고 여행도 가지만,
남자들은 같이 볼 수 있는 영화는 액션뿐이고
거기다 그런 영화도 '내가 보여 줄게.'
라고 약속해야 불러 낼 수 있거든.

남자들이 모이면
피시방을 가거나 당구장을 가거나 술을 마시거나,
그게 전부야.
아, 운동도 같이할 수 있구나.

스파게티가 먹고 싶어서
아무 생각 없이 친구 녀석을 불러 전문점에 갔었다?
그런데 우리 빼고는 전부 커플인 거야.
친구에게 밥 사주고 실컷 욕먹고
코로 들어가는지 입으로 들어가는지도 모른 채
도망치듯 빠져나왔어.

쇼핑?
말도 마, 내 옷 사는 것도 귀찮아.
대충 마음에 드는 거 고르는데
옷 살 테니까 좀 봐달라고 이야기하면
미친놈 소리부터 나와.

이러니 남자가 더 외로움을 많이 타는 거야.

난 말이야.

남자로 태어났으면 혼자 여행을 다녔을 거야.

여기저기 다녀 보고 싶은 나라도 많고,

혼자 즐기면서 생각할 수 있는 시간도 많잖아.

여자들은 혼자 뭔가를 한다는 것에 익숙하지 않아서

그다지 친하지 않은 애들하고도 같이 다니거든.

아니, 혼자 하는 게 싫다기보다

다른 사람들 눈을 너무 의식해서라고 할까?

그게 싫어서 별로 친하지도 않은 애들이랑

같이 놀기도 하고 의미 없는

시간을 보내기도 해.

외로움?

여자는 항상 외로움을 느끼는 존재야

예를 들어, 옆에 사랑하는 사람이 있어도

그가 날 사랑해 주는 마음이 변한 것처럼 느끼거나

내가 아닌 다른 존재에 관심을 쏟으면

그것 자체가 그냥 싫은 거야.

뭐랄까?
남자들의 그 우정이라는 게
참 부러워.
우리 아빠만 해도 그래.
아빠는 아직 고향 친구분들 만나고
학교 동창들도 만나고 하시거든.
아무리 바빠도 큰일이나 작은 일,
함께해야 하는 일이 생기면
꼭 그 자리에서 도와주기도 하는데

우리 엄마가 만나는 사람은
아빠 친구 부인들,
회사 동료 부인들,
반창회가 전부야.
어쩌다 시간이라도 나면 학교 동창들 만나고…….
그래,
결혼하고는 아빠와 관련된 사람들만
연락을 하게 되더라고.

가끔은 남자로 태어났으면 어떨까?
하는 생각이 들어.
그럼 적어도
혼자 즐길 수 있는 많은 것들이 있잖아.

소식

살아가면서 매일 너를 생각했다고 할 순 없지만
그래도 너를 떠올리게 하는 것들 속에서 가끔 네 생각을 했었어.

어쩌면 '우리 다시 시작하자.'
라고 내가 손을 내밀면
내게 웃어 주던 모습 그대로
내 손을 잡아 줄지도 모른다는 상상으로 살았었어.
알아, 그러지 않을 거라는 걸.
다시 시작하자며 찾아온 널 내가 매몰차게 거절했으니
그럴 자격이 없다는 것도…….

어제 네가 결혼을 하고 예쁜 아이의
엄마가 되었다는 소리를 들었어.
그래, 벌써 그만큼의 시간이 흘렀구나.
내가 너를 잊고 네가 나를 잊고 살아간
시간이 벌써 그렇게 됐구나.

내가 아닌 다른 누군가를 만나
그와 사랑하고 결혼하고 아이의 엄마가 되는 동안

난 전혀 네 소식을 몰랐네.

술자리에서 그 이야기를 내게 하며
눈치를 보던 친구들 앞에서 그냥 웃으며 술잔을 기울였지만
그날따라 왜 그렇게 술이 많이 들어가는지……
어디서든 잘 살아.
잘 살 거야, 넌…….

행복하길 바라는 마음은 진심인데,
그런데
조금 아프네.

어머니가 처음 우리 가게에 들렀던 날,
난 또 얼굴이 빨개졌었어.
오빠가 말했을 리는 없고
같은 동네에 살다 보니 어머니도
장을 보시다 들르셨던 것 같아.
그 이야기를 하면서 오빠를 바라봤더니
내 볼을 살짝 꼬집었잖아.

그 뒤로 가게에서 엄마를 도울 때면,
나도 모르게 얼굴이 빨개져.
오빠랑 헤어지고 가게 일을 돕는 게 제일 힘들었어.

오빠가 아니면 결혼하지 않겠다던 내가
다른 사람을 만나 사랑하고 결혼까지 해서
한 아이의 엄마가 되었네.
유달리 일손이 바빠 아이를 업고 가게에 나갔던 날,
오빠 어머니를 봤어.
고개를 숙이며 인사를 드렸어. 모른 채 할 수는 없잖아.

날 참 예뻐해 주시던 어머니셨는데,
오빠만큼 어머니를 잊는 것도
참 힘들었는데,
이렇게 또 만나게 되네.
간간히 소식 듣고 살았는데
오늘 내 모습을 보셨으니
어머니도 오빠에게 이야기하겠다.
나 이렇게 잘 지내고 있다고 말이야.

이미 다른 사람의 아내가 됐고 아기 엄마도 됐는데
무슨 미련이 남았다고 눈물이 나는 걸까?

참 행복하게 살고 있는데,
오늘은 좀 마음 어딘가가 콕 쑤시는 게,
이상하게 아프네.

그날 그 시간 그 장소

그녀도 기억하고 있을까요?
우리가 처음 만났던 그날 그 장소에
만약 우리가 헤어지는 시간이 있다면
그리고 그 결정을 후회하고 다시 만나고 싶다는
마음이 강하게 든다면
매년 그날 그 장소에서 만나자는 약속을…….

다른 연인들이 다 그렇듯
우리도 싸우고 서로에게 상처를 주고
결국 서로가 서로에게 지쳐
누가 먼저랄 것도 없이 헤어지는 길을 택했네요.
그러나 그 뒤로 그녀가 내게 남긴 습관
그녀가 좋아하는 것들,
그녀와 함께한 시간들 속을 살아가면서
여전히 그녀와 함께 살아가고 있는
나를 발견했어요.

그녀를 처음 만났을 때
우연히 바라본 시간이 지금 내 핸드폰 번호가 되었다는 걸 그녀에게 말하던 날 그녀가 잡아 주던 손.

처음 짜 본다며 내 키보다 더
긴 목도리를 건네며
어색해 하던 웃음.

하나하나의 추억이 하나하나의
아픔으로 자라고 있더군요.
헤어지고 나서야,
그녀를 보지 않고 살아가겠다고 다짐하고 나서야,
내가 그녀를 얼마나 사랑하는지 깨달은 바보여서
그 약속만큼은 꼭 지키려고요.
그 장소 그 시간에
그녀가 나올까요?

우리가 만약 헤어지게 된다면
처음 만났던 그날 그 시간,
그 장소에서 다시 만나자던 그의 목소리는
그가 나를 떠나고 한동안 내게 희망의 동아줄이 되었어요.
'그날이면 다시 그를 만날 수 있다.'
라는 희망 속에서
여전히 그를 사랑하는 나를 발견했었죠.

그러나 그날이 다가올수록
어쩌면 그는 나오지 않을 거라는 생각이 더 많이 들었어요.
만나는 동안 점점 내게 지쳐가는 그를 나 역시 지켜봐야 했거든요.

나는 그게 사랑이라고 생각했어요.
서로에게 익숙함이
그가 좋아하던 취향이 내가 좋아하는 것으로 바뀌고
내가 좋아하는 것을 그도 좋아하게 되면서
공통점이 많아질수록
그게 사랑이라 믿었죠.
참 행복했던 시간이었어요.

사랑하던 시간이 누구나 다 그렇겠지만,
그 사람과의 시간은 더 특별했어요.
그 사람이 걸어 놓은 마법 같은
그날 그 시간 그 장소를 기다리는 동안
어쩌면 그가 우리 사랑을 먼저 깨버렸듯이
그의 마법도 스스로 깨버릴 것만 같아 두려워요.

그냥 추억으로만 살아가려고요.
그곳에 나갔다가
그가 말했던 그 마법 같은 약속이
지켜지지 않는다는 걸 알게 된다면
영영 그를 잊은 채 살아가야 할 테니까요.

그날
일부러 약속을 만들고
바쁜 하루를 보낼 생각이에요.

내년도,
내후년도…….

희망고문

그 사람은 잘못한 거 없어, 나 혼자 착각한 거야.
그 사람은 단지 사람 좋아하고, 친절하고 자상한 사람이야.
다른 사람들에게도 똑같이 한다는 걸 알고 있었어.
아니, 그냥 그렇게 믿었던 것 같아.
그 사람의 평범한 행동이 내겐 특별하게 다가왔으니까.
그 사소한 행동들이 나를 그렇게 만들었나 봐.

참 많이 기뻤었어.
처음엔 '뭘까?' 라고 생각했는데
그런 그 사람의 행동이
반복될수록 자꾸만 당연한 듯 받아들였어.
그 사람이 나를 좋아하는 줄로만 믿었던 거야.

한 번도 나를 여자로 바라보지 않았다는 이야기
그냥 무심코 그 사람이 내가 좋다고 한 이야기가
그냥 좋은 사람으로 한 이야기라는 게 너무 아팠어.
그래도 그러면 안 되는 거잖아.
진심이 아닌 상대에게
그렇게 흔들어 놓는 이야기를 하면 안 되잖아.

너무 많이 기대고 너무 많이 바라봤어.
그래서 이렇게 아픈가 봐.
그 사람도 좋아하는 사람이 생겼다니까
알 거야, 작은 희망을 남기는 것이
남녀 사이에서 얼마나 힘든 일인지…….

그 사람의 자상함이 그 사람에게 상처가 될까 봐
그게 무서워.

모르겠다,

내가 뭘 잘못했는지.

다신 내게 연락하지 말래.

그 사람 선물하려고 여자들은 어떤 선물을

좋아하는지 같이 가서 골라달라고 했었거든.

내가 그런 게 좀 서툴잖아.

그래서 부탁했었던 거야.

같은 여자니까 아무래도 내가 고르는 것보다는

나을 것 같아서 말이야.

누구에게 줄 거냐고 묻길래

좋아하는 여자에게 고백할 거라고 했어.

내가 좋아하는 사람이 생긴 걸 그 녀석도 좋아하더라고.

그런데 아무리 보채도

자긴 잘 모르겠다는 거야.

그래서 결국 내가 골랐지.

작은 큐빅이 있는 별모양 목걸이였어.

계산하려니까 종업원이

여자 친구 줄 거냐고 묻길래
그렇다고 했어.
그랬더니 그 녀석 보고
좋겠다는 거야.
그래서 여자 친구 아니라고 했지.
맞잖아?
그런데 그 녀석 날 빤히 쳐다보더니
같이 밥 먹자고 하는데도
피곤하다며 먼저 들어가겠다고 하더라고.
알겠다고 밥은 다음에 사겠다고
먼저 보냈지.

그 사람을 만나서 목걸이를 선물하고
걱정돼서 그 녀석 집에 찾아갔지.
괜찮으냐고 했더니, 괜찮다고 하더라.
다행이라고 그럼 잘 자라고 인사까지 했었는데…….

모르겠어,
내가 뭘 잘못했는지.

사랑은 변하는 거야

그녀는 사랑은 변하는 거라더군요.
그렇다고 그녀가 다른 사람을 선택한 건 아니었어요.
모든 연인들에겐 저마다의 사연이 있듯이
우리의 인연에 그녀가 '아니다' 라는 결론을
내린 탓이겠죠.

그녀가 남긴 마지막 말은
전화하지 말라는 말이었어요.
어떤 식으로든 다시 연락을 주고받는,
그런 일은 없었으면 좋겠다고 하더라고요.
왜 헤어지자고 하는지 이유는 알 것 같아요.
단지 짐작일 뿐이지만 안정된 직장을 다니며 결혼을 꿈꾸는
여자와 아직 학교도 졸업 하지 못한 초라한 내 모습 앞에서
그냥 얼음이 되어 멈춰 버릴 수밖에 없었어요.
화가 난 듯
그녀의 마음처럼 빠르게 떠나가는
그녀의 차를 보며 한참을 서 있었어요.
그리고 주변에 사람이 있다는 것도 잊은 채
그 자리에 주저앉고 말았죠.

서럽게 소리 내어 울었는지, 아니면 눈물만 흘리며
바라보았는지 기억도 나질 않아요.
빈방에 누워서 하염없이 울다가 정신을 차리고
편의점으로 가서는 맥주만 잔뜩 사 가지고 왔어요.
술 마시며 힘들어하는 모습으로 지내고 있으면
미안하다며 그녀가 다시 돌아올 것만 같았거든요.
그렇게 나를 괴롭히고 있으면 그녀가 마음 아파하며
다시 나를 찾아올 줄 알았어요.

술에 취해 잠이 들고
다음날 일어나 보니, 자면서도 울었는지
베개가 축축하게 젖어 있더라고요.
그 와중에도 혹시나 그녀에게 전화가 올까 봐
손에서 전화기를 놓지 않고 잠들었나 봐요.
아무래도 견딜 수가 없어서
그녀에게 전화를 하려고 번호를 누르다가
다시는 전화하지 말라는 말이 자꾸 떠올라
다시 눈물만 흘렸어요.
그렇게 나는 세상을 잃었어요.

"사랑이 변하는 게 아니라
사랑하는 사람이 변하는 거다."
그가 그러더군요.

그를 만나는 동안 참 많이 행복했지만 참 많이 힘들었었어요.
그 사람이 가진 사랑에는 한없이 고맙고 소중한 시간이었지만,
현실이라는 벽 앞에서는 늘 갈증이 멈추지 않았었어요.

더 오랜 시간 그와 함께 있다간
그에게도, 또 내게도, 돌이킬 수 없는 상처가 될 것 같아
그만 헤어지자고 했어요.
처음에는 장난치지 말라며 저를 와락 안아 버리더군요.
그의 사랑을 알고 있기에 그 순간은 많이 흔들렸어요.
이 남자에게 더 사랑받고 싶다.
하지만, 곧 정신을 차렸죠.
다시는 나를 찾지 말라며 전화도 하지 말아 달라고 부탁했어요.
그가 다시 전화를 걸어 매달리기라도 한다면
내 결심이 금방이라도 무너질 것이란 걸
너무나도 잘 알았거든요.

솔직히 자신이 없었어요.
그가 없는 내 삶을 상상하지도 못했었거든요.
집으로 돌아와서 샤워를 하면서
한참을 울었어요.
잘한 거야,
잘한 거야.
스스로를 다독이면서 그렇게 현실을
인정하려고 했어요.

술이라도 마시고 싶었지만
그러지 못했어요.
술을 마시고 혹여 내가 그에게
먼저 전화라도 할 것 같아
아무렇지 않은 듯 일만 열심히 했어요.
그에게 전화가 올까 봐
혹시라도 오면 받게 될까 봐
전화기는 내내 꺼두었어요.

그렇게 나는 내게 가장 따뜻했던 한 남자를 밀어냈어요.

진심이 없는 상대에겐 그러지 마

마음이 없는 사람에게 그렇게
친절하면 안 되잖아.
택시 번호를 기억한다며
내게 문자를 보내서도 안 되고,
찻길은 위험하니 네가 바깥쪽에서
걷겠다고 해서도 안 되고,
비 오는 날 같이 우산 쓰자면서 네 어깨가
더 많이 젖어 있는 걸
보여서도 안 되는 거잖아.

문득 생각나서 찾아왔다며 우리 집
앞에 찾아와서도 안 되고,
비 오는 날이면 머리가 곱슬거리니까
말리고 다니라고 헤어드라이기 같은 거
사줘서도 안 되는 거잖아.

다른 여자 소개해 달라는 말,
그러다 정말 친구라도 소개시켜 줄까?
라고 물으면 괜찮다며

멋쩍어 해서도 안 되는 거잖아.

내가 당근 싫어한다고 같이 밥을 먹으면
당근만 골라서 네가 다 먹어 줬고
술에 취해서는 전화해서
쓸데없는 이야기로 전화기를 뜨겁게
해서도 안 되는 거잖아.

네가 한 행동들을 생각해 봐.
네가 날 좋아한다고 느낀 게 내 잘못이니?
아니면 아무나에게 보여 주는 너의 친절이었니?

나는 네가 날 좋아하는 줄 알았어.
그래서 그 마음을 믿고 마음을 열었던 거야.

그러니 마음 없는 사람에게 헷갈리게
다시는 그러지마.

그럴 생각은 아니었어.
네가 날 좋아하게 만들려고 그랬던 건 아니야.
그냥 친구였고 객지에서 서로 고생하고 있으니
좀 더 신경 썼던 것뿐이야.
넌 여자고 난 남자니까 그냥 내가 조금 더 잘해 줘야겠다.
단지 그런 생각만 가지고 있었어.

딱히 너를 여자로 보거나 네 마음을 얻기 위해서
뭔가를 노력한 건 없었던 것 같아.

그래, 그랬지. 네 말이 다 맞아.
그런데 네가 아니라
다른 여자였어도 난 그랬을 거야.
친절한 게 나쁜 건 아니잖아?
그렇다고 해서 그 마음을
그렇게 오해할 줄은 몰랐어.

화내지 말고 내 말도 좀 들어봐.
남녀 사이가 아니어도 우리 충분히 잘 지냈잖아.

굳이 그렇게 선을 그어야 하겠니?
진심이 아니라니?
내가 널 생각한 마음은 진심이었어.
아니, 친구로서 말이야.

모르겠다, 네가 왜 그렇게 화를 내는지…….
나도 널 좋아한다니까,
하지만 여자로는 아니야.
너처럼 말 잘 통하고
성격 좋은 애가 또 어디 있어?
난 너를 내 베프라고 생각했어.
그것뿐이야.

변해 감 혹은 익숙함

처음 오빠가 내게 사랑한다고 고백하던 날,
오빠 마음을 받아 달라고 하던 날,
내가 했던 말 기억나?
난 한결 같은 남자가 좋다고 했잖아.
처음엔 잘해 주다가 오랜 시간이 흘러서
서로에게 익숙해지면
다른 오래된 연인들처럼 서로에게
소홀해지는 게 싫다고 했던 말.

요즘 오빠는 내가 걱정했던 그 모습
그대로 변해 가고 있어.
더 이상 데이트하면서 내가 무얼
먹고 싶어 하는지 어디를 가고 싶은지
물어보지 않잖아.
뭐든 오빠가 하고 싶은 대로 결정하고,
오빠 시간에 맞춰서 만나잖아.

우리, 너무 오래 만난 거야?
사랑이 식어 그럴 수 있다고

나도 그렇게 변해 가는 우리 사랑을 보면서
오빠도 다른 남자들과 똑같구나.
그렇게 마음 아파해야 할까?
아니면, 이제 내가 더 이상 소중하지 않은 거야?

오빠에게 많은 걸 바라는 게 아니잖아.
나만 바라보고 나만 사랑해 달라고 그랬잖아.
그게 그렇게 어려운 일인가?
애당초 그런 걸 바라면 안 되는 거였어?

매일 의무감으로 만나고, 밥 먹고, 영화보고…….
그런 데이트만 하는 게 너무 싫다.

너에게 무얼 좋아하느냐 어딜 가고 싶냐
묻는 게 귀찮아진 게 아냐.
다만 처음 연애할 때처럼
네가 무얼 좋아하는지 어떤 분위기를 좋아하는지
그런 걸 묻지 않아도 될 만큼 널 많이
알게 돼서 그랬던 거야.

비 오는 날은 특별히 달콤한 캐러멜 마끼아또를 좋아하고
평소에는 아메리카노를 좋아하고,
고기를 좋아하지 않으니 해산물 위주로 식사를 하고
시끄러운 곳을 싫어하지만 노래방은 좋아한다는 걸,
널 만나는 동안 하나하나 배워서 그런 거야.

사랑이 변했다고 생각하지 마.
처음 네게 약속했던 것처럼 나는 네게
항상 같은 마음이었어.
새차를 뽑거나 새 여자 친구일 경우에만
차문을 열어 준다잖아.
그런데 우리 만난 그날 이후로

난 아직도 네가 내 차를 탈 때면
먼저 문을 열어 주잖아.

차 뒷좌석에는 언제든 네가 덮을 수 있도록
무릎 담요도 싣고 다니는 거 너도 알잖아.
변한 게 아니라 익숙함이라 생각해 줘.
네가 무얼 좋아하는지
너에게 필요한 게 무엇인지 아니까,
너에게 묻지 않아도 될 만큼
널 많이 알게 돼서 그렇다고…….

네가 그랬잖아.
눈빛만 보아도 뭘 원하는지
아는 남자가 좋다고…….
그런 남자가 되고 싶었어.
아주 오래전부터 말이야.

핑계

술을 마시고 식사를 거르고
친구를 만나서, 나 이렇게 아프다
울며 또 마시는 그 시간은
어쩌면
너를 잊는 아픔보다
더 큰 아픔이 있기를 바라는
핑계가 아니었을까?

숙취로 머리가 아프면
잠시라도 그 아픔을 해결하기 위해
식사를 거르다 보면
배가 고파 뭐라도 먹어야겠기에
스스로를 괴롭히는 것이
네가 살던 내 가슴이 아픈 것보다
순간이지만 더 아픈 것이 세상에 있다는 것을
알고 싶어서가 아닐까?
마치 네가 없으면 세상이 멈출 것처럼
그렇게 뜨겁게 사랑했으면서
그간 잊고 지냈던 사람들과의 안부 속에서

네가 없는 자리에
잠시 잊고 지냈던 그 사람들을 다시 찾고는
울고 싶은 만큼 술잔을 기울이다 보면
스스로 이제는 그만 울고 싶어서 이렇게도 살아지는구나.
그런 핑계를 찾고 싶어서 너를 그만 잊지는 않을까?

아마도 죽을병에 걸리거나
교통사고로 입원을 하게 되거나
그런 육체적인 고통이
끔찍하리만치 잔인한 상상 속에서 이뤄진다고 하더라도,
그로 인해
이 가슴 아픔이
잠시라도 멀어지길 바라는
그런 못난 마음이 만들어 낸
핑계가 아닐까?
너를 잊는 것보다
네가 없는 세상이어도
더 아플 무언가가 있다는 것을
스스로 찾고 싶을 뿐인 것 같다.

친구와 영화를 보고 차를 마시고 같이 식사를 하고
한참 오빠 욕을 했었어.
물론 내게 준 상처를 잊지는 못하겠지만
그래도 그렇게 나쁜 사람은 아니라는 걸
내가 누구보다 잘 알면서, 친구들에게 오빠 욕을 할 때면
왠지 분하고 억울해서 이렇게 서로 다른 길을 간다는 사실을
내가 받아들이고 있다는 현실이 더 화가 나는 상황이니까.

이렇게 하지 않으면
오빠와 함께했던 시간과 오빠와 함께 다녔던 장소가
도저히 숨 쉬는 공간으로는 힘들 것 같아서…….

잊어야 하는 이유를 보내고 서로가 모르던 그 시간으로
다시 돌아가 살아야 하는 핑계를 스스로 찾고 있었던 것 같아.
그래도 행복했고, 그래도 사랑했는데…….
그래서 이렇게라도 하지 않으면 미칠 듯이 힘들 것 같아서
그래서 그래.

욕 들을 만큼 나쁜 사람 아니고,

그래도 한때는 내가 세상에서 가장 사랑했던 사람이고,
내 모든 것이었던 사람인데······.
그 사람과 남남이 되는 그 시간을
견디기가 힘들어서 그런가 봐.
미안해.
한동안만
오빠가 없는 세상을 다시 사랑할 수 있을 때까지만
귀가 가렵더라도 이해해 줘.

헤어진 다음날

다시는 연락하지 마.
그 말에 언젠가부터 시간이 멈춘 것 같아.
아니 시간이 멈췄다기보다 심장이 멈춘 것 같아.
버스에 앉아서 아무 생각 없이 밖을 바라보는데
햇살이 참 따뜻하다고 느끼는 그 시간에도,
나도 모르게 눈물이 흘렀어.
옆으로 차들이 지나가고 건물들이 뒤로 사라지는 그 시간 동안
네 생각이 났던 거야.

문자도 너와 나눴던 마지막 대화 그대로 남아 있고,
내가 너를 다정히 부르던 그 별명
그대로 아직 번호는 저장되어 있는데,
그 말 한마디에 어쩌지를 못해서 이러고 있네.

술 먹지 말라고 잔소리를 하던 나인데
내가 술을 찾게 되고, 이제는 술이 없으면 잠이 오지 않아.
냉장고에서 문득 맥주를 꺼내다가
그냥 또 눈물이 흘렀어.

집으로 데려다 주는 길,
집 앞에서 헤어지기 아쉬워 같이 걷던 공원,
편의점에서 같이 컵라면을 먹던 추억이
그 사소한 것들이 왜 이렇게 아프니?

네가 했던 잔인한 말에 숨을 못 쉴 것 같은데,
너와 함께한 그 시간에 멈춰서
내 삶은 더 이상 앞으로 흘러가질 않아.

잘 지내고 있는 거지?
밥은 잘 먹는 거지?

잘 지내기를 바라면서도
잘 지내고 있으면 왠지 화가 날 것 같아.
하지만 더 아픈 건
잘 지내는지 그렇지 않은지조차
난 알 수가 없다는 거야.

헤어지자는 말은 내가 했으면서
다시는 보지 않을 거라는 생각에,
그렇게 네게 모질게 했으면서
이제 와 내 가슴은 왜 이렇게 아프니?

작은 희망이라도 주면 안 된다는 생각에
혹여 네가 나를 기다리거나 그래서
희망고문을 주면 안 될 거라는 생각에
우리 인연은 여기까지라고 딱잘라 말해 놓곤
내 마음은 딱 자르질 못했나 봐.

이럴 때면 친구들에게 먹고 죽자며
술이라도 마시고 싶은데
같이 있는 동안 그렇게 내가 술 마시는 걸 싫어하던
네가 생각나서 그러지도 못하겠어.
네가 옆에 있을 땐 그렇게도 말 안 듣던 내가
네가 옆에 없으니 네가 했던 말들을 지키려고
애쓰는 건 대체 무슨 마음일까?
퇴근하고 네 집 앞을 서성이기도 하고,

그
남
자

괜히 네 방에 불이 켜져 있으면
그냥 반갑고 그랬어. 지금이라도 당장 내가 '미안해, 잘못했어.'
라고 사과한다면 언제 그랬냐는 듯
용서해 줄 것 같은 기분이 드는 건,
그만큼 너를 믿기 때문일까?

나이를 먹으면서 속으로 삼켜야 하는 것들이 많아지는 건 알았지만
이렇게 아픔을 혼자 삼키려니 너무 힘들다.
유난히 손이 차서 손잡고 다니길 좋아하던 네게 물들었는지
혼자 걸으려니까 손이 허전해.

그렇게 말 많던 네가 시끄럽다고 생각했는데
막상 네가 없으니까 그런 모습들이 참 그립다.
내가 잘한 걸까?
그렇게 자주 다투고 아픈 것도 참고
그냥 네 손을 잡고 있는 게 나을 뻔했나?

네가 너무 보고 싶다.

다치지 않는 마음이 어디 있으랴

다치지 않는 마음이 어디 있으랴.
상처가 두려워 사랑하지 않는 것보다
어리석은 일은 없을 터.

장미의 붉은 빛깔을 위해
내 기꺼이 가시를 깊게
끌어안고 싶다.

깨달음을 위해
스스로 고행의 길을 걷는 이들을
욕할 생각은 없다.

나 역시 그대를 사랑하는 마음,
아픔이 없기를 바라지 않는다.
그 아픔으로 그대가 그만큼 귀하고
사랑스러운 사람이라는 사실을
평생 잊지 않고 살고 싶을 뿐이다.

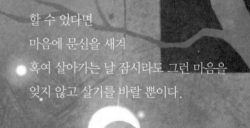

할 수 있다면
마음에 문신을 새겨
혹여 살아가는 날 잠시라도 그런 마음을
잊지 않고 살기를 바랄 뿐이다.

다치지 않는 마음이 어디 있으랴.
그보다 더 고운 그대를 만나
내가 행복할 수 있음에
이 내가 행복을 욕심 낼 수 있음에
더 감사한 하루를 산다.

그대는
나를 다시 태어나게 만들었다.

재회

도서관에서 나와 커피 한 잔을 들고
밤바람을 쐬고 있었습니다.
날씨가 많이 더워 바람도 그리
시원하지는 않더군요.
희미한 오렌지 빛 가로등의 운치도 좋고
그냥 길가에 지나가는
사람들을 구경 했습니다.

빨간 전조등을 켜고 지나가는 자동차도,
교복을 입고 재잘거리며
지나가는 여고생들도…….
여고생들의 수다는 내게
'나도 저럴 때가 있었는데!'
하고 추억에 젖어들게 만들기에
충분했죠.

그러다 웬일일까요?
나도 모르게 시선을 둔 곳에
그가 있었습니다.

내 첫사랑.
철없는 시절에 만나 6년을 사랑하고
그렇게 비겁하게 나를 떠났던…….
그가 한 아이와 아내로 보이는 여자와
다정히 걸어갑니다.
얼른 고개를 숙이고 다른 곳을 바라보았죠.
내 앞을 지나가고 그들의 발걸음이
어둠 속으로
스며들 때 다시 고개를 들어
그들을 바라보았습니다.

살아가면서 한번은 스치고 싶었던…….
어떻게 지내는지 궁금했던
그와 다시 만난 자리가
그 짧은 몇 초였습니다.
그 순간, 지난 시간 그를 사랑했던
나날이 떠오르더군요.
나를 참 행복하게 하고,
또 나를 참 아프게 했던 그.

결혼을 했나 보군요.
하긴 세월이 그렇게 흘렀으니…….

그의 뒷모습이 참 작아 보입니다.
어릴 적 모습 그대로인 것 같은데
조금 마른 것 같고,
이마도 조금 시원해진 것 같고.
그렇게 많은 나이가 차이
나는 것도 아니었는데…….

어릴 적 그 모습
그대로 한 가정의 가장이 되어
저렇듯 아이를 자전거에 태우고
다정히 걸어가는 모습을 보니
조금 이상한 기분도 들더군요.
아이를 보니 결혼을 한 지
7~8년은 되어 보이는데…….
아이한테 잘할 거 같아요,
부인에게도.

그 사람 참 다정한 사람이었거든요.

참 작아 보이는 그의 뒷모습을
가만히 바라보면서
아직 한 켠이 아려 오는
가슴을 느꼈습니다.
그와 헤어진 뒤 나도 다른 사람을
안 만났던 것은 아니었지만
그를 못 잊고 살아온 건 아니었지만…….
그렇게 다른 사람의 짝이 된 걸 보니,
조금은 아프더군요.

아버지께서는 일찍 돌아가셨습니다.

만취로 운전하던 어떤 아저씨에 의해

교통사고로 돌아가셨죠.

그래서 늘 아버지의 그늘이 그리웠습니다.

몇 년 전 아버지와 똑같이 세상을 떠난 형에게는

그때 제 또래의 아이와 형수가 있습니다.

그래서 조카에게 아버지의 그늘이 되어 주려고 노력하죠.

형이 못해 주는 것, 형이 남기고 간 두 사람.

조금이라도 제가 보듬어 주고 싶습니다.

조카 녀석이 하루는 자전거를 가르쳐 달라더군요.

전 자전거를 형에게서 배웠습니다.

나이 차이가 많이 나는 형이었기에 늘 아버지 같은 존재였죠.

그 형의 그늘을 지금 제가 조카에게 되어 주고 있습니다.

때론 혼도 내고 때론 칭찬도 하면서

어느덧 조카는 혼자 자전거를 탈 수 있게 되었습니다.

이 녀석, 자전거를 혼자 탈 줄 알게 되더니

밤마다 학교 운동장에 자전거를 타러 가자고 합니다.

형수와 반 강제로 끌려가 자전거를 타고

집으로 돌아오는 길,
아무 생각 없이 들었던 시선 앞에는
그녀가 있었습니다.

내 첫사랑.
군대 가면서 기다리게 하는 게 미안해 헤어지자고 했던…….
그리고 그 말을 그대로 받아들였던 그녀.
여자로선 조금 큰 키 덕분에 어디서나 눈에 띄던 그녀.
죄를 지은 것도 아닌데, 나도 모르게 고개를 숙입니다.
근 10년이 흘렀는데 한눈에 알아보겠더군요.

조금 성숙해진 느낌은 있지만, 하나도 변하지 않았습니다.
언젠가 한번은 꼭 만나고 싶었는데…….
정말 이렇게 우연히도 만나게 되는군요.

그렇게 그녀 옆을 스치고 집으로 가는 길,
문득 나를 생각합니다.
그녀가 보기에는 이런 내 모습이
한 가정의 가장이 되어 아이와 함께 가는 모습일 거라고…….

아닌데, 아닌데…….
난 아직 그녀를 사랑하는데…….

제대 후에 그녀를 찾으려 했었는데
누군가 곁에 있다는 이야기에
'그래, 우리 인연은 여기까지인가 봐.'
하고 그녀의 축복을 빌어 주었는데…….
살아오면서 한 번도 그녀를 잊은 적이 없는데…….

뒤에서 느껴지는 그녀의 시선에게 말합니다.
아냐,
내 아이가 아냐!

그리고 한 번 뒤로 돌아다 보지도 못하고,
그렇게 기다리던 우연한 만남은
어쩌면 오해로 가득할 풍경을 남기고 멀어집니다.

모카커피

언제부턴가 다른 커피를 마시는 것을 잊어버렸습니다.
처음 모카커피를 입에 댄 것은 제가 사랑했던 여자 때문이었습니다.
그녀는 모카의 향을 사랑했고
모카가 주는 부드러운 목 넘김을 좋아했습니다.
그녀를 사랑했을 때 전 아직 어린애에 불과했고,
커피 맛도 모르는 사회 초년생에 지나지 않았습니다.
그저 자판기 커피가 좋았고
그동안 커피 하나에 프림 둘 설탕 둘의 어머니 표 다방 커피가
세상에서 제일 맛있는 커피로 알고 살아왔습니다.
커피숍에서 이런저런 이야기를 나누는 사람들이
이해되지 않았고, 그런 커피를 마시기 위해
몇 천원을 지갑에서 척척 꺼내는 사람들을 보면서
난 저런 낭비는 하지 않겠다고
다짐했었습니다.

그렇지만, 처음 그렇게 시작한 모카의 애찬은
가끔 커피숍의 주문대 앞에서 다른 메뉴를 볼 필요도 없이
자연스레 모카를 주문하게 만들었고,
호기심으로 몇 번 먹어 보았던 까페라떼나 카푸치노 등의 커피가

무슨 맛을 가지고 있는지조차 잊어버리게 되었습니다.
오늘도 약속이 있어 커피숍엘 들렀는데,
딱히 무언가를 고른다는 생각도 없이
모카를 말하고는 벽에 붙어 있는 나머지
커피들의 가격을 바라봅니다.
사랑하는 사람과 닮고 싶어 마시기 시작했던 커피인데,
이미 그녀는 잊은 지가 한참인데
나는 아직껏 모카가 아닌 다른 커피를 선택할 줄을 모릅니다.

그 사람은 모카를 좋아합니다.
그래서 전 그 사람을 따라서 모카를 마시기 시작했습니다.
여전히 제가 좋아하는 것은 따뜻한 코코아이지만,
요즘은 코코아 한 잔을 마시면 다음번에는 모카를 마시게 됩니다.
저는 커피를 그다지 좋아하지 않습니다.
커피가 맛있다고 생각해 본 적도 없고,
그다지 건강에 유념하면서 살아온 인생은 아니지만
다량의 카페인이 몸에 좋지 않다는 이야기를 들은 후부터는
딱히 따로 커피를 마시지 않았습니다.

그와 처음 커피숍에서 데이트를 하면서부터
모카만 찾는 그를 보았습니다.
나 자신도 코코아 하나만 좋아하면서
유독 모카만 찾는 그가 신기해
어느 날은 그가 마시던 잔을 입에 물고
한 모금 마셔 보았습니다.
코코아처럼 달콤하진 않지만,
그의 목소리처럼 부드러운 목 넘김이
그리고 그 향이 참 좋았습니다.

맛을 보고 난 후 아이처럼 눈을 반짝이며
맛있냐고 물어보는
그가 재밌어서 그렇다고 대답을 하고서는,
그의 취미 속으로
저도 한 걸음 다가갔습니다.

오늘도 그는 모카를 마십니다.
그리고 나는 역시 코코아를 마십니다.
그렇지만 나는 아직도 그를 사랑하고 있습니다.

이별 이야기

어떻게 지내느냐는 말이 목구멍까지 올라와요.
여전히 당신은 내게 제일 처음 번호로 저장되어 있는데,
다른 노력 없이 늘 그렇듯이
통화 버튼만 누르면 '왜?' 하며 짧게 한마디 뱉을 것 같은데…….
이유가 있어야 전화하는 것처럼 '왜?'라고 외마디로 뱉어 내는 말들이
그렇게 듣기 싫었는데,
지금은 그 짧은 숨소리조차 가슴에 담고 싶네요.
서랍을 열어 소중한 것을 담듯이
그렇게 당신 목소리를 가슴에 담고 싶네요.
아프지 않게 하려고 전화도 참고 있어요.
옛날 같으면 발신자 번호 표시 같은 거 없이 살았을 때,
휴대폰 같은 문명이 없었을 때, 그때는 차라리 그리우면 전화를 걸어
'여보세요?'라는 짧은 인사만이라도 듣고 끊을 수가 있었죠?
내가 누구인지 알겠지만, 그저 잘못 걸려온 전화이겠거니
생각할 수도 있으니 말이에요.
그렇게 생각할 거라 믿으며 전화기라도 눌렀겠죠.
때론, 편하게 바뀌어만 가는 이 세상이
짙은 사랑을 담기에는 오히려 불편하네요.
같은 도시에 살면 같은 지역 번호이니

공중전화 그 어디에서도 못 걸겠어요.
당신의 미니홈피에서 음악이 바뀌고 스킨이 바뀌고
점차 폴더가 하나씩 열리고 오늘의 기분이,
메인이 차츰 밝게 바뀌는 것을 보면서
차라리 궁금해도 들어오지 말 것을…….
이렇게 나를 잊으며 잘 살아가는 사람을 말이죠.
왜 아직 가슴에 두고 있는지…….
그렇게 생각하면서 또 친구를 불러요.
당신에겐 늘 술이 좋은 게 아니라 사람이 좋아서
술자리를 가지는 거라고 그랬는데…….
당신이 그렇게 잔소리를 해도
내가 행복한 게 싫은 거냐며 내가 좋아하는 것을 못하게 하는 걸
못마땅해 했었죠.
지금은 내가 아무리 술에 취하고 내방에서 소리 없이 울며
잠이 들어도 그 어떤 잔소리도 들을 수 없네요.
당신의 싫기만 했던 모든 모습들이
제일 많이 생각이 나네요.
보고 싶다고…….
그 말 한마디만 더 하면 안 될까요?

살아오면서 처음으로 좋은 사람을 만났었어요.

난, 그 사람에게서 '함께' 라는 걸음마를 배웠었죠.

겨우 당신을 만나 걸음마를 시작했기에 뭐든 서툴렀어요.

사랑을 어떻게 표현해야 하는지?

당신 부모님께 어떻게 인사를 드려야 하는지?

얼굴 만지는 걸 좋아한다는데 화장을 지우고 만나야 할지?

예쁘게 보이고 싶은데 화장을 진하게 하고 만나야 하는지?

늘 모르는 것 투성이었어요.

그렇게 궁금한 게 많은 채 당신을 사랑했어요.

그냥 함께 있는 게 좋았고, 당신의 웃음이 좋았어요.

우리가 싸우면 당신은 늘 그랬었죠.

왜 먼저 전화하지 않느냐고, 항당 당신이 먼저 전화한다고…….

그러면 난 그러죠. 당신은 화를 낼 때면

늘 혼자 있고 싶어 했다고…….

당신이 화를 낼 때 난 어떻게 해야 할지를 몰랐어요.

애교를 떨어야 하는지, 가만히 옆에 있어야 하는지,

아니면 그냥 울면 되는지…….

그러다 배운 게 화난 당신을 가만히 남겨두는 것이었어요.

그렇지만 당신은 또 그걸 마음에 들어 하지 않았어요.

나는 늘 두려웠어요.
당신에게 버려지는 게, 당신에게 버림받는 게……
지겨웠고, 무서웠어요.

처음 당신이 내게 다가와 당신이 나를 사랑하는 것보다
내가 당신을 사랑하는 마음이 더 크게 만들 거라고 큰소릴 쳤었죠.
난 그랬어요. 제발 그게 소원이라고……

단 한 번도 그렇게 모든 걸 걸면서
사랑하고픈 사람을 만난 적이 없기에
그런 사랑도 해보고 싶었죠.
그래요, 당신이 이겼어요.
당신보다 내가 당신을 더 사랑해요.
그래서 우리들 사이에선 언제나 당신이 나보다 강했어요.
처음엔 당신이 이끌어 주는 모습이 좋았는데,
이젠 내 감정까지 이끌어 갔어요.
당신이 원할 때는 웃어야 했고,
당신이 필요할 땐 혼자 둬야 했죠.
당신이 친구를 만날 때면 난 언제나 집에서 기다렸어요.

당신이 잘 놀고 들어갔다는 전화라도 할까 봐…….

잘 자라는 인사라도 할까 봐…….

당신은 내가 회식에 나가면 그러죠.

술 마시지 마라, 나를 못 믿는 게 아니라

함께 술자리를 가지는 다른 남자를 못 믿겠다.

그래서 한 번, 두 번…… 사람들과의 만남을 끊다 보니

이젠 당신이 없어도 만날 사람이 없네요.

그렇게 당신은 내 전부였어요.

아직 당신의 온기가 그리워요.

당신의 낮은 그 음성이 듣고 싶어요.

그렇지만 당신은 우리 송이처럼 내가 눈물을 흘려도

닦아 주질 않더군요.

내가 측은한 듯 나보다 더 슬픈 눈을 하고 내 볼을 핥아 줘요.

비록 입 냄새 때문에 힘들기는 하지만…….

내가 아픈 걸 아는지 꼬리를 흔들며 재롱을 부리네요.

당신이 여전히 그립지만,

지금 이대로 지내는 것도 나쁘지 않을 것 같아요.

293

상처

그녀에게는 사랑하는 사람이 있습니다.
아주 오랜 시간 동안 함께하던 첫사랑이 있었습니다.
아니, 그녀는 아직도 그 사람을 사랑합니다.
그러나 믿을 수 없는 그 사람의 배신에
무너지는 가슴으로 그에게서 뒤돌아섰습니다.
처음 그녀가 그를 만났을 때,
그녀는 고등학교를 갓 졸업한 스무 살의 사회 초년생이었습니다.
그리고 그는 거래업체의 비교적 매너가 좋은
나이 차가 조금 많이 나는 거래처 과장이라는 직함뿐이었습니다.
세상을 모르던 그녀는
자주 보며 많은 이야기를 나누고,
세심한 배려를 보여 주던 그를 어느덧 사랑하게 되었습니다.
스무 살 어린 나이에 만나 많은 것을 함께 나누며
7년이라는 시간을 함께 보냈었습니다.

세월이 흘러 결혼 이야기가 나오면,
자꾸만 피하기만 하는 그를 그녀는 이해할 수 없었습니다.
그리고 그가 몸이 많이 아파 회사를 결근했다는 사실을
알게 된 어느 날, 그녀는 처음 그의 집을 찾아갔습니다.

땀으로 젖은 이마를 닦아 주길 원했던 그녀 앞에는
그가 아닌 그의 아내가 서 있었습니다.
그는 그녀를 만난 처음부터 이미 아내가 있는 사람이었습니다.
그저 호기심으로 만나
가정과 그녀를 오가며,
그녀를 놓아 주지 않았던 것이었습니다.

그 배신감에 그녀는
무너져 갔습니다.
무너져 가는 그녀를 나는 붙잡았고,
세상엔 믿을 만한 남자도 있다고 나를 한번 믿어 보라고
그렇게 그녀를 안았습니다.

그녀는 아직도 그를 생각하며 눈물을 흘립니다.
나는 그런 그녀를 안으며 눈물을 삼킵니다.

그는 스스로를 쓰레기라 부릅니다.
그녀에게 버림받은 그와 사람들에게 버림받은 사람과
무엇이 다르냐고 물어 옵니다.
믿을 수 있는 남자가 되겠다고 약속한 그에게
그녀는 사랑한다 말하고 그를 떠나갔습니다.
이제 상처가 치유되어서인지 아니면 그에게 미안해서인지
그도 나도 모르는 그녀만이 알고 있는 진실입니다.

처음 그녀의 이야기를 들었을 때 그 남자를 나쁜 놈이라고 욕했었지만,
그를 버리고 간 그녀 역시 나쁜 사람이라고 욕할 수밖에 없었습니다.
이젠 내가 그를 안아 주고 싶어 손을 꼭 잡아 주었습니다.
그랬더니 그는 그녀에게 마음의 절반을 줘서
자기는 반쪽밖에 없는 반쪽짜리라고 했습니다.
아팠습니다. 그가 그녀를 안아 주었듯이
이제는 내가 이 사람의 상처를 안아 주고 싶었습니다.
그의 따뜻한 미소와 그의 사람 좋은 웃음을
다시 찾아 주고 싶었습니다.
그를 지켜보는 동안 그녀를 생각했습니다.
이렇게 사랑스러운 사람인데, 왜…….

그렇게 나는 상처가 있는 사람을 사랑하기 시작했습니다.
그는 나의 손을 잡으려고 하지도 않았고,
햇살을 보려고 하지도 않았습니다.
어지러운 그의 방을 치웠고,
비어 있는 그의 속을 채워 갔습니다.
그렇게 1년이 지나고 그는 차츰 웃음이 많아졌습니다.
이제는 나를 안아 주고 내게 따뜻한 웃음을 선물하고
내가 좋아하는 것들을 함께해 주었습니다.
그러나 그는 내게 단 한 번도 사랑한다는 말을 해주지 않았습니다.
그렇게 그가 따뜻하게 변해 가고 햇살 같은 그의 미소가
나를 비출 때 쯤 그는 나를 사랑하지 않는다며,
하지만 다시 웃게 만들어 줘서 고맙다며, 그렇게 나를 떠나갔습니다.

그녀는 그를
그는 나를…….
우리는 서로에게 그렇게 상처가 되었습니다.
제 블로그에는
김광석의 〈너무 아픈 사랑은 사랑이 아니었음을〉
이라는 노래만 흘러나옵니다.

미완성 교향곡

나쁜 새끼.
욕부터 나옵니다.
연락하지 말랬다고 정말 연락을 딱 끊어 버렸습니다.
난 그저 조금 더 내게 신경 쓰고 내가 사랑받고 있다는 사실을
느끼고 싶을 뿐이었습니다.
사랑한다는 말을 들은 지도 언젠지 기억도 나지 않고,
연락도 자주 하지 않는 그가 혹시 마음이 변했나 싶어
헤어지자고 말했습니다.
그러면 미안하다고 잘못했다고 한 번만 더 기회를 달라고
그리고 더 열심히 사랑하겠다고 그럴 줄 알았습니다.
나 없으면 안 될 것 같던 사람이 왜 화가 났는지 묻지도 않고
왜 이별을 말하는지도 묻지도 않습니다.

나를 사랑하지 않았던 겁니다.
나를 그만큼밖에 사랑하지 않았던 겁니다.
아니, 어쩌면 처음부터 나를 사랑하지 않았는지도 모릅니다.
생각해 보면 언제나 내가 먼저 연락을 하고 내가 먼저 기다렸습니다.
그에게 사랑을 받고 있다는 추억이 없습니다.
문득 그런 생각이 드니 눈물만 나네요.

그와 내가 사랑했던 시간 속에서······.
사랑한다는 말을 들은 적이 없는 것 같습니다.
사랑한다고 말해 달라면 늘 웃어 주고 안기만 했었습니다.
그 말이 그렇게 부끄럽냐고······. 왜 말 못하냐고 했을 때
"말이 가난해서 포옹이 있대."
라는 말만 하고는 모른 척 지나간 그였습니다.

그랬었나 봅니다.
그에게 나는 사랑이 아니었나 봅니다.
헤어지자는 말을 한 것이 후회돼 전화도 하고 싶고
미안하다는 말을 하고 싶어도 나를 사랑한 적도 없는
사람에게 또다시 상처받기 싫습니다.
그 말 한마디에 쉽게 깨어지는 사랑이,
내가 해왔던 사랑이 너무 분하고 아프기만 합니다.
난 참 바보 같은 시간을 보내 왔었습니다.
그에게······
화가 나고,
내게······
화가 납니다.

언젠가 단 둘이 처음 여행을 가던 날,
창밖으로 지나가는 풍경이 좋다며 그녀는
창가 쪽에 앉아서는 따스한 햇살에 노곤했는지
제게 기대어 잠이 들었습니다.
덜컹거리는 리듬에 맞춰 그녀의 고개는 움직였고,
따스하게 느끼던 햇살이 눈부셨는지
그녀는 살포시 이마를 찌푸렸습니다.
가만히 놓여 있던 왼쪽 손으로 그녀의 눈을 가려 주니
햇살의 포근함만 느꼈는지
그녀는 다시 곤한 잠이 들었습니다.

비 오는 날을 유달리 좋아하는 그녀는
비가 오는 날이면 일부러 내게 우산을 가져와서
데려다 달라고 조릅니다.
싫지 않은 부탁이라 늘 함께했었죠.
하지만 그녀는 가방에 들어가기 딱 좋은
3단 우산을 들고 오는 편이어서
언제나 내 왼쪽 어깨는 우산 밖에 있었습니다.
그래도 좋았습니다.

좁은 공간 안에서 그녀가 좋아하는
빗속에서 한쪽 어깨를 양보하는 것쯤이야
더할 나위 없는 행복이었으니까요.

차가 많이 다니는 소방도로에서
웬 난폭한 운전자가 급하게 옆을 지나쳐
간 적이 있습니다.
놀란 토끼보다 더 커다란 눈을 하고는
그 운전자에게 욕을 합니다.
나쁜 새끼라고, 죽는 줄 알았다고……
미운 말을 하는데도 밉지도 않고
그 엄살이 귀여워 그냥 머리만 쓰다듬었습니다.
그리고 그 후로 차도 쪽으로는 항상 내가 섰습니다.
혹시나 만약 그런 일이 있어선 안 되겠지만,
저번처럼 지나가던 자동차가
혹여 우리들 한 사람에게 해를 입히면
안 될 것 같아서였습니다.
그런 일이 있어도 병원에 가서 잔소리를 들을 사람은
내가 되면 좋은 겁니다.

사랑한다고 말해 달랍니다.
괜스레 가볍게 말했다가는 그 말이
날아갈 것 같아
너무 안타까운 마음에
안아 주면서 가슴으로 말했습니다.
사랑한다고, 내 말이 들리지 않으냐고…….
그렇게 그녀의 향기를 가슴에 담았습니다.

이제 그녀는 내가 자기를 사랑하지
않는다면서 전화하지 말랍니다.
목소리를 듣는 것조차 불편하다면서
다시는 전화도 하지 말랍니다.
가슴이 찢어지고 먹먹해져도
그녀의 말을 듣고 있습니다.
행여 내가 미련을 버리지 못하고 전화를 해서
그녀의 심기가 불편할까 봐,
나로 인해 조금이라도
그녀에게 마음 아픈 일이 생길까 봐,
나만 참으면 된다는 생각에…….

오늘도 전화기만 만지작거립니다.

미안하다는 말도 하고 싶고
사랑한다는 말도 하고 싶지만,
울리지 않는 전화기를 보며…….
혹여 한 번만 연락을 달라고 빌어 봅니다.

영화

신문의 연예란에 온통 그 영화에 대한 이야기뿐이었습니다.
1,000만 관객 돌파!
적어도 15세 이상 관람가인 그 영화가 1,000만 관객 돌파를
이뤘다면 영화를 볼 수 있는 관람층 서너 명 중 한 명은
그 영화를 봤다는 이야기겠죠.
한동안 바쁘다는 핑계로 영화를 멀리하며 살았는데
오늘은 마음먹고 조조를 보기로 했습니다.
아직 혼자 영화 보는 것에 익숙지 않아서
모자를 푹 눌러쓴 채 예매한 제일 구석자리에 앉았습니다.
누가 나를 자세히 보지도 않을 텐데
왠지 혼자 영화를 보러 오는 모습이 누군가가 봤을 때
초라해 보일 것 같아서 말입니다.
오래전 그녀와 함께 영화를 보는데 그녀가 그러더군요.
'오빠, 난 저렇게 혼자 영화 보러 오는 사람은 이해가 안 가.
주변에 친구가 없나? 심심해서 어떻게 봐?'

영화를 다 보고 그녀와 혼자 영화 보는 것에 대한 이야기를 나누며
정말 영화를 좋아하는 사람은 혼자 볼 수도 있다고,
아니면 아직 누군가를 만나지 못해 혼자 보는 것이라는 이런저런

이야기를 나누었었습니다.

그녀의 말 때문인지 안 그래도 혼자 무언가를 한다는데 익숙지 않은
내 자신인데, 영화를 보는 그 사소한 행동이 어색하게 느껴집니다.

영화를 보는데

주인공이 그녀의 이름입니다.

그리고 공교롭게 주인공의 아들 이름이 제 이름입니다.

영화를 보는 내내 주인공의 이름이 불릴 때면

가슴 한 켠이 시큰거립니다.

주인공이 그녀의 아들을 안고 제 이름을 부르며

오열하는 장면에서는 정말 서럽게 울었습니다.

지금은 곁에 없는 그녀와 만약 이 영화를 봤다면

그녀는 분명

'봐, 영화에서도 내가 엄마로 나오잖아.

오빠는 내가 없으면 안 돼!

내가 오빠 엄마보다 오빠를 더 사랑하는 거 알지?'

그랬을지도 모릅니다.

그녀도 이 영화를 본다면 어쩌면 내 생각을 하겠죠?

그녀가 보고 싶습니다.

친구가 소개해 준 사람과 극장에 왔습니다.

어떤 영화를 좋아하냐고 묻길래 한동안 영화를 안 보고 살아서
아무거나 좋다고 대답했습니다.
최근 개봉한 영화 중에 재미있는 영화가 있다며,
한국형 재난 영화를 보러 왔습니다.

한때는 영화광이었던 그 사람 때문에
1년에 100편 이상의 영화는 봤었습니다.
주말이면 어김없이 한 편 이상의 영화를 보고
평일에도 가끔 심야 영화를 보기도 했었으니까요.
영화를 자주 보다 보니 VIP 라운지가 따로 있다는 것도 알았고,
VIP 시사회가 따로 있다는 것도 알았습니다.
그와 처음 영화를 보던 날,
비가 내리는 장면에서, 그는 비 내리는 장면이 없는 영화는
보기가 힘들다고 알려 주었습니다.
한두 시간 정도의 짧은 시간 속에 이야기를 담으려면
비 내리는 장면은 꼭 필요하다고요.

그 뒤로 영화를 보면서 비 내리는 장면이 나올 때마다
그는 내게 자기 말이 맞다며 아이처럼 좋아했습니다.
심지어 애니메이션에서도 비 내리는 장면이 빠지진 않았으니까요.
그의 말처럼 정말 비가 오지 않는 영화를 찾기가 힘들었습니다.
거의 대부분의 영화에서 비가 내리더군요.

그 작은 사실 하나 때문에
그와 헤어지고는 저는 영화를 보는 것이 두려웠습니다.
한동안은 비가 내리는 장면에서
가슴이 시큰거리는 것을 참을 수가 없었습니다.
〈트랜스포머〉라는 영화를 보고 나오던 날,
제게 아이처럼 매달려 범블비를 사달라고 조르던
그의 모습이 떠오릅니다.
잠시 그의 생각에 잠기는 동안
광고가 끝나고 영화가 시작하려 합니다.
그리고
옆에 앉은 사람에게 이야기합니다.

"거의 모든 영화에 비 내리는 장면이 꼭 나온다는 거 아세요?"

그만큼 사랑하지 않아서

더 좋은 사람을 만나길 바랐습니다.
나처럼 나이 많고 안정되지 않은 직장을 가진 사람보다
더 조건이 좋고 더 젊고 잘생긴 남자를 만나길 바랐습니다.

이제 막 스무 살의 꽃을 피운 그녀가
그녀의 어머니와 일곱 살밖에 차이 나지 않는
나라는 남자와 어울리는 것이
지나친 욕심이라는 생각이 들었습니다.

처음에는 그냥 착한 학생으로 보였습니다.
열심히 공부도 하고 붙임성이 좋아
참 예쁜 친구라는 생각도 들었습니다.
그 친구가 동생들과의 여행에 운전도 하고
보호해 줄 보호자가 필요하다는 이야기에
딱히 여름휴가에 대한 계획이 없던 터라
흔쾌히 그러겠다고 허락해서는 안 되는 것이었습니다.
아무리 사교육으로 만난 학원 선생님과 학생의 사이라도
엄연히 남녀 사이가 될 수 있다는 사실을
조금이라도 더 조심해야 했습니다.

그 친구의 웃음만큼 시리던 냇가에서 장난을 치며
다른 이들 모두 잠든 시간에 둘이서만 깊은
이야기를 나눠서도 안 됐고
그렇게 물장구를 쳐서도 안 됐고
옷을 말리고 추위를 피해 차 안에서 단 둘이
함께 있어서는 안 되는 일들이었습니다.

그렇게 그 친구를 사랑했고
제 곁에 두었습니다.
봄꽃 같이 어여쁜 사람이 내 사람이 되고 싶다는 고백을
진작 멀리했어야 했습니다.

그 친구에게 이별을 이야기할 때
아직 시간이 많으니 더 좋은 사람을 만나 보라는 이야기는
온전히 곱기만 한 그 친구가 제 곁에 있다가 어느 날인가
후회하게 되지 않을까? 생각했던 못난 마음 때문이었습니다.

그 친구를 보낸 후
더 사랑했던 사람은 저라는 사실을 아주 늦게 알아 버렸습니다.

자그마한 키에 다부진 체격
똑 부러지는 말투가 참 인상 깊은 사람이었습니다.

나이보다 젊어 보이는 외모에
미소가 멋진 그런 사람이었습니다.
누구에게나 친절했고
누구에게나 따스한 사람이었습니다.
그에게는 새아버지의 존재를 이야기할 수 있었고,
내 아픔을 이야기할 수 있었습니다.
그의 남자다움이 좋았고
아버지같이 편안한 공간이 좋았습니다.
그와 친해지길 바랐고
함께 여행을 가자고 부탁도 했었습니다.

한여름 밤,
어린 동생들에게 들려준 귀신 이야기도 재미있었고 밤하늘을 바라보며
조용히 불러 주던 그의 목소리도 잊히지 않습니다.
장난친다며 그에게 물을 끼얹고
그가 내 위로 넘겨졌을 때 주체하지 못했던 심장을

아직도 기억합니다.

감기 걸린다며 동생들이 잠들어 있는 텐트가 아닌
차 안에서 조심스럽게 옷을 갈아입을 때
혹시나 누군가의 낯선 시선이 훔쳐볼까
자신이 입고 있던 윗도리를 벗어 차창을 가려 주던
배려가 빛나는 사람이었습니다.
돌아오는 길,
미숙한 운전으로 경미한 접촉사고가 있었을 때
상대방 아저씨가 소리 지르며 싸움을 걸어올 때
어려 보여도 내 사람이라며
당신이 뭔데 내 여자에게 말을 함부로 하느냐며
내 손을 꼭 잡아 주던 그가 그립습니다.

동생은 그럽니다.
나를 그만큼 사랑하지 않아서라고…….
그가 나만큼 나를 사랑하지 않음은 상관없지만
괜스레 가슴에 못 하나가 생겼습니다.
마음이 너무 아파 옵니다.

아는 친구의 이야기

이건 말이에요.

그냥 제가 잘 아는 친구의 이야기에요.

그 친구는 두 살 연상의 누나를 좋아했대요.

학교 엠티에서 처음 봤는데

컵라면을 먹던 그 누나의 미소를 보고 반했다는 거예요.

컵라면을 먹으며 웃는 모습에서 후광을 봤대요.

웃기지 않아요?

첫눈에 반한 건 좋은데, 하필 컵라면이라니……

그 친구, 그 선배가 먹던 라면까지 기억을 하더라고요.

그 순간 모든 것이 멈췄다나요?

그런데 그 선배는 지독한 이별을 겪고 있는 중이었어요.

CC였던 선배의 남자 친구는 알고 보니

다른 학과의 후배와 3년 동안 비밀 연애를 한 거예요.

선배는 세상에 믿을 남자가 없다면서 참 많은 술을 마셨어요.

그때 그 친구가 다가간 거예요.

세상에 믿을 남자가 있다는 걸 보여 주겠다면서요.

그 친구, 참 열심히 사랑했어요.

지켜보는 내내 뭐 저런 녀석이 다 있나 할 정도로

그 선배에게 지극 정성이었어요.

그 친구의 정성에 감동해 그 선배와 친구는 결국 연인이 되었어요.

그런데 그 선배는 그 친구와 사귀면서도

가끔 옛날 남자 친구를 생각하며 참 많이 울었대요.

그럴 때마다 그 친구는 그 선배를 말없이 안아 주었다고 하더라고요.

두 사람이 참 예쁜 사랑을 하고 있던 어느 날,

선배는 그 친구에게 갑자기 이별을 말했대요.

세상에 믿을 남자가 있다는 사실을 가르쳐 줬다면서,

고맙다는 인사를 하고 떠나갔대요.

어제까지 사랑한다고 했으면서, 오늘 갑자기 이별을 말한 거예요.

그 선배를 몹시 사랑한 친구는 전화하지 말라는

선배의 마지막 말을 지키며 그 선배가 싫어하는 일은 하지 않겠다고

다짐하며 전화기를 붙들고 얼마나 울었는지 몰라요.

그 친구는 아직도 그 선배가 왜 헤어지자고 했는지 모른대요.

다만 그 선배가 너무 착해서

자기에게 상처주기 싫어서 떠났다고

그렇게 믿고 있더라고요.

제 친구, 참 불쌍하죠?

잘 아는 친구의 이야기라며
한 사람의 이야기를 해주었어요.
저를 똑바로 보지 않고 창밖을 바라보며 이야기하더라구요.
오랫동안 들려주는 그 이야기는 저도 잘 아는 이야기예요.

두 사람의 이야기는 학교에서 참 유명했거든요.
그 선배가 떠나갈 무렵,
남자는 그 선배에게 프러포즈를 하려고
준비 중이었어요.
학과 선배며 후배들에게 자신의 칭찬만 적어 달라며,
이 남자 놓치면 후회한다고 간단한 축하 글을 적어 달라며,
친한 사람에겐 다 부탁하고 다녔대요.

알아요.
지금 말하는 잘 안다는 그 친구의 이야기가
이 남자의 이야기라는 것을요.
저는 오랜 시간 이 사람을 봐 왔어요.
이 사람, 참 사랑스러운 사람이에요.
사랑을 할 줄 알고 사랑받을 줄 아는 사람이면서,

더 많이 사랑하려고 더 많이 사랑받으려고
노력하는 사람이에요.

이 사람,
참 사랑스러운 사람인데 왜 그녀는 떠났을까요?
추운 겨울, 술에 취해 쓰러진 아저씨를 보며
그냥 지나치면 얼어 죽는다고
112에 신고하고는 경찰차가 오기 전까지
자신의 외투를 벗어 덮어 주는 그런 따뜻한 남자예요.
이야기를 하는 동안 이 사람의 눈이
빨갛게 충혈이 됐네요.
오랜 시간 바라오던 사람이어서
용기를 내 친구에게 소개팅을 부탁했는데,
이 사람의 아픔까지 사랑할 수 있을 줄 알았는데,
아직 그녀를 잊지 못하는 이 남자를 보니
내가 참 많이 울지도 모르겠다는 생각이 들었어요.

테이블 위의 촛불처럼
제 마음도 흔들리고 있어요.

운명

저는 운명이라는 것을 믿지 않는 편입니다.
적어도 그를 만나기 전까지는 그랬었습니다.
만나는 사람들도 다 그만그만한 사람이었고,
한 번도 부산이라는 도시를 떠나 보지 못한
말 그대로 토박이의 삶을 살았었습니다.
집 근처의 초등학교를 나오고 걸어서 5분, 10분 거리의
여중 · 여고를 졸업하고,
대학에 들어와서 지금의 남자 친구를 만나기까지
삶에서 크게 다름이 없는 평범한 삶을 살았었습니다.

그는 제가 입사한 첫 회사의 상사였고,
저와 같은 단지의 아파트에 살고,
같은 초등학교, 대학교를 졸업한 제
선배이기도 했습니다.
어릴 적에 자주 뛰어 놀던 놀이터에서
한번은 마주쳤을 사람이었고,
우연히 학교 축제에서 봤었던 꽤나 마음에
들어 따로 메모까지 해두었던
시화의 주인공이기도 했었습니다.

동네 조그만 햄버거 가게에서
비록 시간은 달랐지만 같이 아르바이트를 했었고,
그의 어머니는 우리 부모님 가게의 단골이기도 했습니다.

참 신기하게도 느끼지 못했지만, 늘 곁에 있었던 그 사람이
지친 어깨를 하고 횡단보도를 건너고 있습니다.
왜 그랬는지 모르지만
혹시라도 남자 친구와 함께 여행을 떠나던 내 모습을 그가 볼까 봐
고개를 숙이며 숨어 버렸습니다.

남자 친구가 있는데 그의 존재에 가슴이 뛰기 시작합니다.

친구의 결혼식에 다녀오는 길입니다.
며칠 동안 몸이 좋지 않더니, 몸살이 났나 봅니다.
크리스마스를 혼자 보내는 것도 서러운데
그날 결혼한다는 그다지 반갑지 않은 친구의 청첩장에
그래도 의리는 지키려고 아픈 몸을 이끌고
친구의 결혼식에 갔습니다.

친구의 신부는 낯이 많이 익은 사람이었고,
신부의 하객으로 제가 아주 많이 사랑했던 첫사랑이 앉아 있었습니다.
친구의 신부는 제 첫사랑의 하나뿐인 동생이었습니다.
아파서 몰골이 말이 아니던 나를 볼까 봐
식이 끝나는 모습을 차마 끝까지 보지 못한 채
친구에게 눈도장만 찍고는 그대로 집으로 향했습니다.

다른 곳에서 혹시 그녀를 만났다면
오늘 같은 날이 아닌 우연히 어디선가 멋지고 근사하게 입고 있을 때
그녀를 만났다면, 환하게 웃어 주며 잘 지냈느냐고
인사라도 했을 텐데
앉아 있기도 힘든 몸이 지쳐서 일그러지는 표정이 마음에 걸려

도망치듯 빠져나왔습니다.

횡단보도의 신호등 색상이 희미해져 갑니다.
사람들이 분주히 움직이는 것을 보니, 신호등이 바뀐 것이겠죠.
그저 본능적으로 발걸음을 옮깁니다.
집으로 가는 발걸음이
내 마음만큼이나 무겁습니다.

냉장고

고등학교를 졸업하고 일찍 집을 떠나 자취 생활만 벌써 10년째예요.
처음에는 혼자 산다는 생각에 이것저것 먹고 싶은 요리도 해보고
마트에서 장을 보며 좋은 음식들을 많이 샀죠.
그런데 마트에서 파는 재료들은 전부 가족용이어서 그런지
사고 나면 늘 남더라고요.
우유를 사두고 미처 먹을 시간이 없어 상해서 그냥 버리거나
당근도 두개 묶음으로 팔길래
요리를 하고 남은 하나는 그대로 뒀는데,
상하기 일쑤이고요.
치킨을 시켜도 혼자 다 못 먹어서
먹다 남은 건 꼭 냉장고로 가게 되더라고요.
그것도 한 번이지, 데워서 먹고 남으면 다시 손이 안 가서
버리긴 아깝고…… 그대로 냉장고에 두는 경우가 많아요.

저녁에 잠이 오지 않을 때 먹으려고
맥주는 항상 냉장고에 가득하고요.
그러다 보니 여자 냉장고라고 하기엔
저도 좀 부끄러운 게 많더라고요.
처음엔 저도 안 그랬어요.

오랜 시간 혼자 지내다 보니
자연스럽게 생활에 맞춰서 그렇게
냉장고가 바뀌어 가더라고요.

그런 내 생활도 모르고
남자 친구는 내가 그렇게 게으른
여자인 줄 몰랐다며 실망이라네요.
나만 그런 게 아니라 혼자 살다 보면
누구나 다 그렇게 된다는 걸,
그는 모르는 것 같아요.

이런 답답한 남자를 계속 사랑해야 할까요?

어쩌면 헤어질 이유를 찾고 있었나 봐요.
그때는 그녀의 그런 모습이 참 실망이었어요.
나이도 있고, 결혼도 생각했는데
그렇게 게으른 여자와 살다간 제가 고생하겠더라고요.

여자는 다른 건 몰라도 부지런해야 된다고 생각했거든요.
그런데 내가 혼자 살아 보니
밥은 하기 귀찮고 잠도 일찍 오지 않을 것 같아
치킨 한 마리를 시켜서 맥주 두 캔을 마시면서
컴퓨터로 영화를 한 편 보면, 그렇게 좋을 수가 없더라고요.
먹다가 남은 치킨은 냉장고에 두거나
오랫동안 잊고 지내면, 그대로 음식물 쓰레기로 버리게 되고요.

뭐라도 좀 만들어 먹으려고 장을 보면
식당에서 사 먹는 게 더 싸게 느껴질 때가 많아요.
양도 많고 만들 줄 아는 것도 많이 없으니
한번 도전해 봤다가 남은 재료는 전부 그대로 남겨두기 일쑤고,
우유의 유통기한은 또 왜 그렇게 짧은 걸까요?

무엇보다 대한민국 1등 주부인 줄 알았던
어머니의 냉장고에서도
상했거나 유통기한이 지난 음식들이 많이 있더라고요.

살아가는 데 그런 모습은 아주 사소하다는 걸,
왜 그땐 몰랐을까요?
정말 사소한 이유로 그녀에게 마음이 떠나기 시작했을 때,
그때는 왜 알지 못했을까요?